CABALLERO DEL DESIERTO

JENNIFER LEWIS

HARLEQUIN

Editado por HARLEQUIN IBÉRICA, S.A.
Núñez de Balboa, 56
28001 Madrid

© 2014 Jennifer Lewis
© 2015 Harlequin Ibérica, S.A.
Caballero del desierto, n.º 2036 - 15.4.15
Título original: Her Desert Knight
Publicada originalmente por Harlequin Enterprises, Ltd.

I.S.B.N.: 978-84-687-6027-8
Depósito legal: M-886-2015
Editor responsable: Luis Pugni
Impresión en CPI (Barcelona)
Fecha impresion para Argentina: 12.10.15
Distribuidor exclusivo para España: LOGISTA
Distribuidor para México: CODIPLYRSA
Distribuidores para Argentina: Interior, DGP, S.A. Alvarado 2118.
Cap. Fed./Buenos Aires y Gran Buenos Aires, VACCARO HNOS.

Capítulo Uno

Entrar a su librería favorita de Salalah era como estar en un capítulo de *Las mil y una noches*. Para llegar hasta allí, Dani tenía que atravesar el zoco local con sus pilas de zanahorias y repollos, los cajones de higos y dátiles y cruzarse con un montón de hombres ancianos vestidos con túnica y turbante. Y entonces llegaba a la tienda. La doble puerta de madera arañada tenía grandes remaches de metal incrustados, solo estaba abierta una pequeña sección, y tenía que cruzar la parte inferior de la puerta para llegar a la ahumada oscuridad del local. El humo era incienso, que ardía eternamente en un antiguo brasero colgado en una esquina, mezclado con el humo de la pipa que fumaba el anciano dueño de la tienda. Estaba sentado en una esquina pasando las páginas de un grueso tomo encuadernado en piel, como si mantuviera la tienda únicamente por su propio placer de leer.

Los libros estaban apilados en el suelo como las naranjas de los puestos de fuera. Ficción, poesía, tratados de navegación marítima, consejos sobre cómo montar a camello: todos en árabe, y la mayoría tenía al menos cincuenta años y estaba encuadernado en piel. Dani había encontrado allí varias joyas, y siempre entraba en la tienda con un cosquilleo de emoción.

Cuando cruzó el umbral y se llenó los pulmones con el fragante aire, se fijó en que había un visitante al que no conocía. La luz, que procedía de una única y estrecha ventana, arrojaba su brillo difuso sobre la alta figura de anchos hombros de un hombre joven.

Dani se puso tensa. No le gustaba la idea de que hubiera un hombre en su reino encantado de los libros. Últimamente no le gustaba que hubiera hombres en ningún sitio.

Pasó por delante del desconocido en su camino hacia la pila de libros que había empezado a investigar el día anterior, un lote nuevo de poesía que el dueño había comprado en un bazar de Muscat.

El hombre iba vestido a la manera occidental, con vaqueros, camisa blanca y unos mocasines de aspecto muy caro. Dani le miró con recelo cuando pasó por delante de él y luego se arrepintió de haber alzado la vista. Unos ojos azul oscuro ribeteados por negras pestañas se clavaron en los suyos. El hombre la miró desde lo alto de su aristocrática nariz y esbozó una media sonrisa. Una Dani más joven y estúpida habría pensado que era mono, pero ya no era tan tonta. Se preparó por si el hombre tenía la osadía de dirigirse a ella.

Pero no lo hizo. Sintiéndose algo decepcionada, se dirigió a la pila de libros. Y entonces descubrió que el que buscaba no estaba. Revisó la pila dos veces. Y luego las pilas de al lado.

Miró habría atrás y luego volvió a girar la cabeza al descubrir que el desconocido la estaba mirando fijamente. Experimentó una sensación de alarma. ¿Había estado mirándola todo el tiempo? ¿O acababa de darse la vuelta al mismo tiempo que ella? Le molestó descubrir que el corazón le latía con fuerza bajo la tela de su atuendo tradicional.

–¿Está buscando este libro?

Su voz, masculina y aterciopelada, hizo que diera un respingo, y Dani se reprendió a sí misma por estar tan tensa.

El desconocido le mostró el libro que ella estaba buscando. Una edición de los años treinta de *Majnun Layla*, del poeta persa Nizami Ganjavi, encuadernado en piel verde desteñida con letras de oro.

–¿Habla usted mi idioma? –las primeras palabras que salieron de su boca la pillaron por sorpresa. Su intención había sido decir que sí, pero se le produjo un cortocircuito en el cerebro. No había oído a nadie hablar su idioma desde que regresó de Nueva Jersey tres meses atrás.

El hombre frunció el ceño y sonrió al mismo tiempo.

–Sí, no me había dado cuenta siquiera. Supongo que he pasado demasiado tiempo en Estados Unido. O tal vez el instinto me dijo que usted también hablaba el mismo idioma.

–He vivido varios años allí –Dani se sonrojó. Su apariencia de estrella de cine resultaba desconcertante, pero trató de no juzgarle por su aspecto. Se aclaró la garganta–. Y sí, ese es el libro que estaba buscando.

–Es una lástima. Estaba a punto de comprarlo –sus facciones y su tonalidad parecían omaníes, pero la ropa occidental y los ojos del color del mar le otorgaban un punto exótico.

–Usted ha llegado antes –Dani se encogió de hombros y trató de fingir que no le importaba.

–Creo que no. Si usted sabía que estaba aquí y lo andaba buscando, está claro que llegó primero –sus ojos azules mostraron un brillo travieso–. ¿Lo ha leído?

–Oh, sí, es un clásico. Lo he leído varias veces.

–¿De qué va?

–Es una historia de amor trágica –¿cómo era posible que no lo supiera? Tal vez ni siquiera leía árabe. Tenía un acento raro, británico tal vez.

–A veces pienso que todas las historias de amor son trágicas. ¿Existe acaso algún final feliz?

–No lo sé. Mi propia experiencia no ha sido muy alentadora –le sorprendió pronunciar aquellas palabras. Había decidido mantener en secreto sus tormentos íntimos.

–La mía tampoco –el hombre esbozó una sonrisa–. Tal vez por eso nos gusta esta historia de amor trágica en la que todo el mundo muere al final. Así nuestros fracasos parecen menos terribles en comparación –sus ojos brillaban con amabilidad–. ¿Ha venido aquí para escapar de alguien?

–Así es –Dani tragó saliva–. De mi marido… exmarido. Espero no volver a verlo nunca más –seguramente no debería revelarle tantas cosas a un desconocido. El divorcio era algo poco frecuente y muy escandaloso en Omán.

—Yo también —su cálida sonrisa resultaba tranquilizadora—. Vivo en Estados Unidos, pero vuelvo a Omán cuando necesito salirme del carrusel y sentir la tierra firme bajo los pies. Siempre es tranquilizador ver lo poco que ha cambiado esto desde que me fui.

—A mí me resultó alarmante la primera vez que volví. Si no fuera por los coches y los teléfonos móviles, parecería que seguimos en la Edad Media. A mi padre y a mis hermanos no les gusta que salga de casa sin que me acompañe un hombre de la familia. ¡Es increíble! Como si no hubiera vivido casi nueve años en Estados Unidos.

El hombre sonrió.

—El choque cultural es muy fuerte. He vivido los cuatro últimos años en Los Ángeles. Me alegra conocer a alguien que está en la misma situación que yo. ¿Le gustaría ir a tomar un café?

Dani se quedó paralizada. Que un hombre le pidiera a una mujer ir a tomar un café era una proposición.

—Creo que no.

—¿Por qué no? ¿Cree que su padre y sus hermanos no lo aprobarían?

—Estoy segura de ello —el corazón le latía con fuerza bajo el conservador vestido. Una parte de ella quería irse con él a tomar aquel café. Por suerte, consiguió mantener aquel deseo bajo control.

—Déjeme al menos comprarle este libro —el

hombre se dio la vuelta y se encaminó hacia el dueño de la tienda.

Dani se había olvidado de él, seguía enfrascado en su mundo en el rincón más alejado de la tienda. No parecía haber escuchado su conversación.

Quiso protestar e insistir en comprarse ella misma el libro, pero cuando reunió la compostura para acercarse, el dueño ya estaba envolviéndolo.

—Gracias —aceptó el paquete con una sonrisa forzada—. Tal vez debería invitarle a un café para agradecerle su generoso regalo —no era un libro barato, y si era ella la que invitaba no se trataba de una cita, ¿verdad? Tenía veintisiete años. No era precisamente una adolescente. Podía compartir un café con un hombre que vivía en Estados Unidos para matar el tiempo aquella aburrida tarde. Se le aceleró al pulso mientras esperaba una respuesta.

—Eso sería muy amable por su parte.

No tenía una mirada depredadora. No podía evitar ser tan guapo. Seguramente las mujeres interpretarían sus gestos de amabilidad por otra cosa. Pero ella no era tan estúpida.

Salieron al caluroso sol de la tarde y caminaron una manzana entera hasta llegar a una fila de tiendas modernas entre las que había un café nuevo. Tenía decoración occidental, lo que le resultó a Dani extrañamente tranquilizador.

El hombre retiró una silla para ella y Dani se sentó. Entonces se dio cuenta de que no sabía siquiera su nombre. Miró a su alrededor para asegurarse de que nadie la oyera. El camarero estaba al final de la barra, muy lejos como para escuchar algo.

–Me llamo Daniyah… –vaciló. Tenía el apellido de su marido, McKay, en la punta de la lengua. Pero decidió no usarlo más. Aunque tampoco le parecía bien utilizar el de su padre, Hassan, al que había renunciado cuando se casó en contra de su voluntad–. Pero puedes llamarme Dani.

–Quasar –él tampoco dijo su apellido. Tal vez fuera mejor así. Eran conocidos, nada más. Y él se mostraba todavía más guapo a la luz del día, con la mandíbula fuerte y el pelo revuelto.

Dani apartó la vista al instante. La sangre se le alborotaba al mirar a aquel hombre.

–Tomaré un café con leche.

Quasar pidió en árabe.

–Yo también. Aunque supongo que ahora que estoy en Omán debería tomarlo solo con unos dátiles.

Dani se rio.

–Es horrible. A veces me muero de ganas de comerme unos nachos o un bocadillo.

–¿Volverás pronto a Estados Unidos?

La pregunta la pilló por sorpresa.

–No lo sé. No tengo muy claro qué voy a hacer –era un alivio ser sincera. Tal vez porque era un desconocido, decidió quitarse la máscara un rato–. Regresé aquí corriendo y ahora parece que estoy encallada, como si fuera un barco que se hubiera quedado varado por falta de viento para henchir sus velas.

Tal vez Quasar fuera el viento que estaba esperando. Aquella tarde estaba siendo lo más excitante que le había pasado desde su regreso.

–Así que necesitas una ráfaga de viento para volver a ponerte en camino.

–Algo así –Dani permitió que el brillo de sus ojos azules provocara una chispa en su pecho. El modo en que la miraba sugería que la encontraba atractiva. ¿Sería posible? La gente solía decirle que era guapa, pero su ex la había hecho sentir como la perdedora más fea del mundo. Se sentía extraña y desaliñada con aquella túnica suelta y los pantalones que se había puesto para resultar modesta, pero Quasar parecía no haberse dado cuenta.

–¿Tú por qué estás aquí? –le preguntó ella.

–He venido a visitar a mi hermano y a su familia. Y a tratar de reconectarme con mi cultura. No quiero perder mis raíces.

Tenía una sonrisa que desarmaba. Mirarle, ver cómo la camisa y los vaqueros le marcaban un poderoso cuerpo, le despertaba sentimientos que casi había olvidado que existían.

–Si quieres reconectar con tus raíces deberías llevar túnica –no podía imaginárselo con aquella prenda tradicional larga, blanca, con cinturón de cuerda y una daga ornamental colgada.

Quasar alzó una ceja.

–¿Crees que me quedaría bien?

Estaba coqueteando. Dani se encogió de hombros.

–No. Yo voy así vestida para no escandalizar a mi familia. Ya han tenido bastante.

Su mirada reflejó curiosidad, tal como Dani esperaba.

–No tienes pinta de provocar escándalos.

–Entonces, supongo que mi disfraz funciona. Estoy intentando encajar y volar por debajo del radar.

–Eres demasiado bella para conseguirlo.

Quasar hablaba bajo y el camarero no podía oírle, pero sus palabras la impactaron por su audacia.

–Aunque lleves el atuendo tradicional, se te ve la cara –continuó él–. Tendrías que tapártela para pasar inadvertida.

–O no salir nunca de casa, que es lo que le gustaría a mi padre. No sabe que estoy aquí ahora mismo. Cree que estoy en casa escribiendo poemas en mi cuarto. Tengo veintisiete años y estoy divorciada, y sin embargo tengo que salir a escondidas de mi casa como si fuera una adolescente.

Quasar se rio, y parecía que iba a decir algo, pero justo entonces llegó el camarero con los cafés. Dani observó su boca sensual mientras daba sorbos y se maldijo a sí misma por el centelleo de calor que notó bajo la ropa.

–Creo que ya estás lista para que esa brisa te infle las velas –dijo entonces Quasar.

–Sinceramente, no sé para qué estoy lista. Acabo de recibir la sentencia de divorcio.

Quasar alzó su taza.

–Felicidades.

Ella se rio entre dientes.

–Siento que tengo algo que celebrar.

–Todos cometemos errores. Yo tengo treinta y un años y nunca me he casado. Tiene que ser un error de algún tipo. Al menos eso es lo que me repiten mis dos hermanos, que están felizmente casados.

–¿Creen que deberías buscar a alguien y sentar la cabeza?

–Totalmente. De hecho, creo que no me van a dejar salir de Omán hasta que esté legalmente casado.

Dani se rio. Ya que sus hermanos no le animarían a casarse con una divorciada, podía relajarse. Podía admirar a Quasar sin tener que preocuparse de lo que pudiera pasar. Pero se sintió algo triste al darse cuenta de que era mercancía dañada, que estaba fuera del mercado.

–¿Y a ti qué te parece la idea?

–Me deja paralizado –afirmó Quasar–. Si estuviera hecho para el matrimonio, seguramente ya me habría casado.

–Eso es porque no has encontrado todavía a la persona adecuada.

–Eso es lo que me repiten constantemente.

–Es mejor esperar a la persona adecuada que tener que zafarte después por haberte equivocado –seguramente muchas mujeres irían detrás de él. De hecho, dos chicas se habían sentado en una mesa al lado de la suya y podía verlas mirarlos y cuchichear.

Aunque tal vez estuvieran cuchicheando sobre ella. Dani no sabía hasta qué punto conocía la gente su situación. Cuando volvió pensó que nadie la recordaría o a nadie le importaría lo que había estado haciendo, pero se le había olvidado que Salalah era una ciudad pequeña donde corrían los cotilleos. Se puso tensa y le dio un sorbo a su taza de café.

–¿A qué tipo de negocios te dedicas?

–A cualquiera que me llame la atención –Quasar la miró fijamente–. Me gusta meterme en terrenos nuevos y ser el primero en explorarlos. La tecnología de impresión en tres dimensiones es mi última incursión. Impresoras que pueden crear un objeto sólido. Va a ser toda una revolución. Imagina poder diseñar e imprimir unos zapatos nuevos desde tu propia casa.

–Parece divertido.

–Esta tecnología se está usando para imprimir tejido humano para operaciones con injertos de piel. Yo invertí dinero para ayudarles a desarrollar la tecnología. Acabo de vender mi parte.

–¿Por qué? Suena fascinante.

–Quería probar algo nuevo. Soy muy inquieto.

Así que aquella era la razón por la que no se había casado. Se aburría con facilidad y entonces buscaba algo nuevo y más emocionante.

–¿Tú a qué te dedicas? –Quasar se acercó más hacia ella.

A Dani se le aceleró el pulso. Aquello era una novedad. No pensó que volvería a sentirse atraída nunca por ningún hombre. Al menos aquella parte de sí misma seguía viva, aunque no iba a servirle de mucho. A Quasar le brillaron los ojos y Dani se preguntó si podría leerle la mente.

–¿Se trata de una ocupación secreta? ¿Trabajas para la CIA?

Dani se sonrojó. Había estado tan centrada en cómo había reaccionado su cerebro que se le había olvidado responder a la pregunta.

–Soy historiadora del arte, y mi último trabajo fue en Princeton. Soy experta en el antiguo Oriente Medio.

–Mesopotamia, Sumeria y Ur-Nammu –una tenue sonrisa asomó a sus sensuales labios.

–La mayoría de la gente pensaría en el antiguo Egipto.

–¿Te ha dado la impresión de que estaba presumiendo?

–Un poco –Dani contuvo una sonrisa. Su arrogancia y su seguridad en sí mismo resultaban atractivas–. Pero no te lo tendré en cuenta.

–Gracias. Deberías ver el museo que ha montado mi hermano. Ha construido un hotel en una antigua ubicación de la Ruta de la Seda.

–Eso parece la pesadilla de un historiador.

–¡Te gustaría! No quedaban más que unos cuantos trozos de muro en medio del campo, y él ha construido recreando el original y tratando de conservar la mayor parte posible. Los arqueólogos que excavaron el lugar encontraron algunas vasijas y figuritas pequeñas. Tal vez te resulten interesantes. Podríamos visitar el sitio juntos. Está cerca de Salalah en coche. Podríamos ir mañana.

Dani se quedó paralizada. De ninguna manera podría ir a ninguna parte en coche con un desconocido. Aunque pareciera encantador, educado y fuera tan guapo en realidad no sabía nada de él. Se lo podía estar inventando todo. Y además, su padre y sus hermanos se lo prohibirían.

–No puedo.

–Tal vez en otra ocasión, entonces. Deja que te dé mi número de teléfono.

Dani miró hacia las dos chicas que estaban en la mesa. Tenían la vista clavada en ella y en su acompañante. Seguro que se darían cuenta. Pero, ¿qué daño hacía si nunca le iba a llamar?

El corazón le latía con fuerza mientras le veía escribir el número con mano firme en una de las servilletas azules de papel.

–Estoy alojado en el hotel de mi hermano, aquí en Salalah. Está justo en la playa. ¿Tú dónde vives?

Dani tragó saliva. Aquello se estaba volviendo peligrosamente personal.

–No muy lejos –se guardó la servilleta en el bolsillo–. Debería irme ya.

–Te acompañaré a tu casa.

–Oh, no, no hace falta. Quédate aquí y disfruta –Dani dejó unas monedas para pagar el café. Quasar se las devolvió con expresión de asombro y ella decidió una vez más evitar una escena y aceptar su invitación–. Gracias por el café.

Quasar se puso de pie a la vez que ella, y durante un instante Dani tuvo la sensación de que iba a intentar besarla. Todo el cuerpo se le puso en guardia mientras la adrenalina le recorría las venas. Entonces, Quasar le tendió la mano y ella se la estrechó.

–Y gracias por el libro.

–Llámame. Me gustaría ver esos objetos contigo.

Dani agarró su nuevo libro, se dio la vuelta y salió del café lo más rápido que pudo. Hacía meses que no se sentía tan viva. Años, incluso. Y todo gracias a aquel hombre.

Entró a toda prisa en casa. Su padre tardaría todavía en volver, pero quería llegar antes que sus hermanos regresaran de sus respectivas escuelas. Su hermano pequeño, Khalid, solía volver directamente a casa, pero el mayor, Jalil, se quedaba con frecuencia en la librería técnica de la escuela para estudiar los diseños de su último proyecto de ingeniería. Normalmente Dani les preparaba un aperitivo, pero aquel día no iba a tener tiempo. Apenas le llegó para dejar el libro en la habitación y guardar la servilleta con el teléfono de Quasar en un cajón antes de que se abriera la puerta y entrara Khalid.

–Me he echado una siesta –se inventó al ver que su hermano escudriñaba la encimera vacía de la cocina. Tal vez estuvieran empezando a depender demasiado de ella. Y no tenía intención de quedarse allí eternamente.

–¿Una siesta? ¿Por la mañana? Te estás volviendo una blanda.

Entonces escuchó la familiar llamada de su padre a la puerta. Aunque estuviera abierta, le gustaba que alguien lo fuera a recibir. Dani retiró el cerrojo y forzó una sonrisa radiante.

–Hola, padre –le besó en la mejilla. Como de costumbre, él le dio la misma importancia que al aleteo de una mosca–. ¿Qué tal el día?

–Igual que siempre –respondió con el mismo tono gruñón y la misma expresión sombría de siempre–. En este negocio hay demasiados estúpidos. Siempre buscando modos más baratos de hacer lo que lleva funcionando décadas.

Su padre era ingeniero, y le irritaban las nuevas tecnologías.

–Ayuda a Faizal a preparar una cena excelente esta noche, querida –Faizal era el cocinero que venía todas las noches. Su padre clavó la mirada en ella–. Un amigo mío se unirá a nosotros hoy.

–Estupendo. ¿Es un amigo del trabajo?

–No trabaja en mi empresa. Es un proveedor. Remaches y cosas así –siguió mirándola fijamente–. Ponte algo de un color que te vaya mejor.

Dani se miró la túnica azul marino que había llevado puesta todo el día.

–¿Por qué?

–Ese azul no te favorece. Algo más brillante resultará más atractivo.

Dani se quedó sin palabras. Aquella era la primera vez que su padre opinaba sobre su ropa. ¿Tenía pensado emparejarla con su amigo?

Había dado por hecho que su padre la consideraba una paria social y que no valía la pena intentar casarla otra vez. Tal vez se había cansado de tenerla bajo su techo y quería encontrar a alguien que se la llevara. Dani corrió a su habitación preguntándose si podría encontrar un color todavía menos atractivo que ponerse. A Quasar no le había parecido que tuviera un aspecto aburrido vestida de azul. La había mirado de un modo que la hizo brillar como una flor de primavera. Se había sentido deseada... y había sentido deseo. El recuerdo hizo que le bullera la sangre.

Se puso una túnica verde bosque con remate plateado y volvió a la cocina para ayudar a preparar el plato tradicional de pollo con arroz y verdura. Dispuso la cena en el comedor, en la alfombra del suelo, al estilo omaní, y esperó con curiosidad la llegada del amigo de su padre. Cuando lo vio se le encogió el corazón.

–Daniyah, es un placer para mí presentarte al señor Samir Al Kabisi –tenía al menos sesenta años, el pelo gris y nariz de patata. Cuando la saludó al estilo tradicional, Dani vio que tenía los dientes torcidos.

El hombre no le tendió la mano, así que ella inclinó la cabeza y esbozó una sonrisa. ¿De verdad consideraba su padre a aquel hombre un compañero para ella? Debía tener una opinión muy baja de su valía.

–Entre a tomar un café –Dani mantuvo la sonrisa empastada mientras servía la humeante bebida caliente en la vajilla ornamental que reservaban para las visitas.

Su padre se enfrascó con el invitado en una conversación sobre la industria de remaches en la que el otro hombre respondía con breves comentarios con voz de fumador.

Dani quería ir a esconderse en su habitación.

Después de cenar, su padre se inclinó hacia ella y la atravesó con la mirada.

–El señor Al Kabisi lleva siete años viudo.

–Lamento su pérdida –vaya, parecía que su padre estaba ya yendo al grano.

–Ha llorado a su mujer durante muchos años, pero le he convencido de que quizá haya llegado el momento de dejar la pena a un lado.

Dani tragó saliva.

–Chicos, salid un rato al jardín conmigo.

Sus hermanos se quedaron algo perplejos, pero obedecieron a su padre y salieron de la habitación detrás de él.

A solas con aquel hombre que le doblaba la edad, Dani no supo qué decir. Él se levantó y se aclaró la garganta.

–No veo ninguna vergüenza en que una mujer se divorcie de un hombre que la trata con crueldad.

Dani sintió que se le encogía el corazón. Seguramente conocía su humillante historia.

–Eso es muy amable por su parte.

–Tengo casa y un negocio propio. Mis tres hijos viven en Muscat con sus familias, así que estoy solo aquí. Mis ingresos son…

Dani sintió la imperante necesidad de cortarle y se puso de pie.

–Es usted muy amable, pero no creo que… No estoy preparada para volver a casarme. Es demasiado pronto. Todavía estoy… recuperándome.

Capítulo Dos

Quasar salió de la piscina con la vista nublada por el cloro. El sol brillaba sobre las superficies de arenisca de las elegantes construcciones del hotel, y una leve brisa agitaba las copas de las majestuosas palmeras.

–Te está sonando el teléfono –le dijo Celia, la mujer de su hermano Salim, desde el otro lado de la piscina, donde estaba tomando el sol con Sara, la mujer de su hermano Elan. Acababan de desayunar allí y estaban planeando un día de relax en la cercana playa. Quasar estaba empapado y tenía a Hannah, su sobrina de tres años, subida a los hombros.

–Dudo de que sea algo importante.

–¡Lánzame! –gritó la pequeña Hannah.

–No puedo. No sabes nadar –Quasar se agachó y estuvo a punto de sumergirla, pero la levantó rápidamente, haciéndola reír.

–Se te dan bien los niños. Deberías tener hijos –Sara le dio un sorbo a su cóctel sin alcohol. Estaba embarazada de su tercer hijo.

–Tonterías. Solo necesito pasar un poco de tiempo con vosotros. Esta es la primera vez que estamos todos juntos desde la boda de Salim.

Salim y Celia vivían en Salalah con sus hijos, Kira y Basia. Aquel hotel era la sede de la cadena de lujosos complejos que tenía por toda la región. Elan y Sara vivían en Nevada, donde tenían una petrolera y cuidaban de sus hijos, Hannah y Ben. Quasar siempre estaba viajando y preparando proyectos nuevos, por lo que no era frecuente que todos encontraran tiempo para relajarse. Durante la última década, Quasar había estado tan ocupado montando negocios y saliendo de juerga que ahora estaba empezando a pensar que se había perdido algo importante.

Había vendido su ático de Los Ángeles por un buen precio y tenía sus pertenencias en un guardamuebles cerca de Hollywood. Había comprado una granja en las colinas de Salalah, pero necesitó varios meses de reforma, por lo que apenas había pasado tiempo allí.

–Está sonando otra vez –Celia miró el teléfono, que estaba en la mesa a su lado–. Es el mismo número. ¿Quieres que conteste por ti?

–De acuerdo.

Celia agarró el teléfono.

–Este es el móvil de Quasar. Celia al habla –entonces frunció el ceño–. Han colgado. Espero no haber asustado a alguna de tus novias.

Quasar le dio vueltas a su sobrina hasta que la hizo gritar.

–No tengo ninguna novia –entonces se quedó paralizado.

¿Y si había decidido llamarle?

–Vamos a secarte, pequeña –llevó a su sobrina

21

hacia las escaleras de la piscina y la sacó. Se secó las manos con la toalla y agarró el teléfono. Remarcó el número y esperó.

–¿Hola? –contestó una voz tímida.

–Soy Quasar. Acabo de recibir una llamada de este número.

–Soy Dani –parecía vacilante.

–Me alegro mucho de que hayas llamado –Quasar se acercó al borde de la piscina para alejarse de sus cuñadas. Podía sentir sus ojos clavados en él–. La que ha contestado es mi cuñada Celia.

–Ah –parecía aliviada–. Me gustaría ver esas piezas de museo contigo si todavía estás interesado.

–Por supuesto. ¿Te viene bien esta tarde?

–De acuerdo.

–Perfecto. Si me das tu dirección, iré a recogerte.

Dani le dijo que prefería encontrarse con él en los puestos de verdura que había al final de la calle donde estaba el café. Al parecer no quería que Quasar fuera a su casa. Y tenía que volver a las cuatro como muy tarde. Todo sonaba muy intrigante.

–Claro, estaré ahí a las doce –la sangre se le alborotó un poco ante la idea de volver a verla. Se preguntó si llevaría el elegante atuendo tradicional del día anterior o se pondría algo más occidental. Tenía curiosidad por saber cómo era su figura. Sabía que era esbelta, pero no sabía cómo eran sus caderas, ni la forma de sus piernas, ni la curva del escote. Aquello tenía algo de misterioso. Pero se prometió no hacer ni el más mínimo avance hacia ella a menos que Dani mostrara marcados signos de interés. Era un invitado en Omán, y aunque no recordaba bien las costumbres locales, sabía que no se debía jugar con las mujeres.

Lamentablemente, aquello no disminuyó ni un ápice su entusiasmo.

–¿Vas a quedar con alguien esta tarde? –preguntó Sara–. Creí que íbamos a hacer una barbacoa en la playa.

–Ha surgido algo –Quasar trató de no revelar su emoción.

Su cuñada Celia ladeó la cabeza.

–¿Es muy guapa?

–¿Cómo sabes que no se trata de una aburrida reunión de negocios?

–Por tu mirada –la joven sonrió.

–Voy a llevarla a ver el oasis que habéis restaurado.

Celia había llegado a Omán como paisajista de aquel proyecto.

–Es una historiadora especializada en esta región –continuó Quasar–, así que creo que estará interesada en los objetos que encontrasteis.

–Apuesto a que sí. Algo me dice que no quieres convertir esto en una expedición familiar para que todos la conozcamos.

Quasar sonrió.

–Todavía no. Acabo de conocerla. No quiero asustarla.

–Muy sensato. Aunque tal vez debería asustarse un poco. Siguen saliendo noticias de tu última travesura. Laura ha montado un buen lío en Twitter esta mañana hablando de su roto corazón.

—Te prometo que no le rompí el corazón. Se lo rompió ella solita. Es una de esas personas que se enamoran de un ideal imposible. No creo que nadie pueda llegar a hacerla feliz.

—¿Enamorada del amor? —se rio Celia.

Sara se acercó a su cuñada y se sentó en una de las elegantes tumbonas con cojines que rodeaban la piscina. La sombra de una palmera cercana impedía que el sol le diera en la cara.

—¿Quién está enamorada?

—Todo el mundo se enamora de Quasar.

Sara se quitó la camiseta y dejó al descubierto un biquini turquesa.

—Yo no. Sigo enamorada de Elan.

—Y haces bien. Es más de fiar que yo.

—Yo tampoco. Todavía amo a Salim —aseguró Celia mirando a su marido, que acababa de acercarse para darle un beso en la mejilla.

—La mujer adecuada puede transformarnos a cualquiera de nosotros. Y cuando menos te lo esperas —Salim hablaba con la seguridad calmada de un profeta—. Incluso a ti.

Quasar se rio.

—No estés tan seguro.

Dani llegó al mercado de frutas y verduras diez minutos antes de las doce. Se entretuvo mirando los puestos llenos de fragantes limas, ajo y brillantes pilas de zanahorias. Estaba tratando de parecer ocupada comprobando la frescura de unas naranjas cuando algo la llevó a alzar la vista.

Su mirada se clavó en Quasar, que cruzaba la polvorienta calle con la barbilla alta y los ojos fijos en ella. Llevaba pantalones y camisa de lino blancos.

–Buenas tardes –dijo en voz baja.

Dani deslizó la mirada hacia sus labios e imaginó que la besaban para darle los buenos días.

–Buenas tardes. Los dos hemos llegado temprano –el corazón le latía emocionado–. Tengo el coche aparcado en la esquina –parecía que iba a tomarla del brazo, o a tomarla de la cintura, pero vaciló, consciente de las costumbres.

Aquel amago aumentó la tensión entre ellos. A Dani le cosquilleaba el cuerpo por el deseo de que la tocara y el miedo a que lo hiciera. Caminó a su lado con timidez hasta que llegaron al Mercedes plateado que ya estaba cubierto de una fina capa de polvo. Quasar le abrió la puerta.

–Estoy encantado de que vengas al hotel. No paso por ahí desde la boda de mi hermano Salim.

–Apuesto a que fue espectacular.

–Sí, lo fue. Salim no hace nunca nada a medias.

–Y seguro que tú tampoco –Dani miró de reojo su regio perfil mientras Quasar salía a la carretera.

–Tengo tendencia a implicarme mucho en las cosas.

–Hasta que te aburres de ellas –Dani lamentó aquellas palabras en cuanto salieron de su boca–. Lo siento, no tendría que haber dicho eso.

–Pero tienes razón –Quasar la miró con sus ojos azules brillando–. Me han acusado con anterioridad de interesarme solo durante periodos cortos.

Pero yo prefiero pensar que hay demasiadas cosas que hacer y que por eso solo puedo dedicarles un tiempo limitado a cada una.

Sin duda pensaba lo mismo de las mujeres. Nunca tendría una relación con ella porque Dani era divorciada y no cumplía los requisitos que sin duda exigían sus hermanos. Por otro lado, tal vez a Quasar no le importaría tener una aventura con ella. Debía andarse con cuidado y resistirse a sus encantos.

Quasar mantuvo la conversación sin esfuerzo aparente. Charlaron de las diferencias entre los estilos de vida de Omán y América, y ambos estuvieron de acuerdo en que el cambio suponía un enorme choque cultural.

–Así que en realidad tú no has vivido nunca en Omán.

–No vivo aquí de forma permanente desde que murió mi madre. Mi padre nos llevó a Elan y a mí a un internado en el extranjero. Yo era lo bastante joven como para adaptarme con facilidad. Nunca miré atrás.

–¿No echabas de menos a tu familia?

–A mi padre no. Era muy estricto y un poco mezquino. Supongo que no soy de los que necesitan la aprobación paterna. Hice amigos y seguí adelante.

–Y has seguido adelante desde entonces.

Quasar se giró hacia ella.

–¿Crees que mi estilo de vida nómada es consecuencia de un trauma psicológico infantil? –Dani vio un brillo travieso en sus ojos.

26

Se encogió de hombros.

–No lo sé –se preguntó qué se ocultaría bajo su fachada despreocupada–. ¿Qué sitio consideras tu hogar?

Quasar la miró fijamente.

–Buena pregunta. Hasta hace poco decía Los Ángeles, pero acabo de vender el apartamento que tenía allí. Ahora mismo la única propiedad que tengo es una casa aquí en el desierto. No sé si puedo llamarle hogar porque acabo de terminar la reforma, pero la compré para echar raíces y reconectar con mi legado, así que tal vez esté yendo en la dirección correcta.

–O en la equivocada –se rio Dani–. ¿Yo me siento más extraña aquí que en Nueva Jersey. El cambio no ha sido fácil.

–¿Cómo terminaste en América si toda tu familia está aquí?

–Mi historia no es muy distinta a la tuya. Me enviaron a vivir con mi tía a Nueva Jersey cuando mi madre murió. La idea era que fuera a la universidad allí y luego volviera para trabajar en la empresa de ingeniería de mi padre mientras buscaba un marido adecuado. Creo que a mi padre no se le ocurrió pensar que me quedaría allí después de graduarme.

–¿Y le importó?

–Se enfadó muchísimo cuando le dije que no iba a regresar a Omán. Tardé bastante tiempo en reunir el valor para decirle que me había graduado en Historia del Arte y no en Ingeniería. Como pagué las matrículas con el dinero que había heredado de mi madre, no se enteró hasta que ya fue demasiado tarde.

Quasar sonrió.

—Así que eres un poco rebelde.

—Solo un poco.

—Lo dudo —Quasar la miró de un modo misterioso.

Había sido una rebelde al decidir tomar las riendas de su propia vida. El hecho de haber terminado otra vez allí hacía que se preguntara sobre lo acertado de sus decisiones.

—Ya casi hemos llegado. Se llama Saliyah por el nombre de mi cuñada, Celia, que diseñó los jardines y se ganó el corazón de mi hermano Salim.

—Muy romántico —tomaron una carretera lateral. Las palmeras de dátiles enmarcaban la desierta carretera y creaban una agradable sombra sobre su polvorienta superficie.

Dani abrió la boca al ver un enorme animal bajo la sombra de un árbol cercano.

—¡Mira, un camello!

Quasar se rio.

—Salim siempre se queja de ellos. Se comen su carísimo paisajismo. Supongo que debería considerarlos parte del escenario y apoyarlos.

La carretera llevaba hasta un muro alto de adobe con un intrincado arco encima. Entraron y rodearon una enorme fuente circular en la que el agua brillaba como diamantes bajo el caluroso sol de mediodía. Quasar la ayudó a bajar del vehículo, que fue recibido por un aparcacoches que se lo llevó mientras Dani trataba de ajustar la vista a la claridad. Cruzaron un pequeño patio de arenisca y entraron en un vestíbulo en penumbra que parecía la sala del trono de un antiguo palacio. Las paredes estaban cubiertas de coloridos mosaicos y había sillones de aspecto cómodo alrededor de unos impresionantes especímenes botánicos. Los camareros servían café y dátiles y el aire olía a pétalos de rosa.

–¿Te apetece un café o quieres ir directamente a por lo bueno?

–Me gustaría ver el museo.

–Eso me imaginé –Quasar le dirigió una sonrisa que le hizo hervir la sangre–. Sígueme.

Dani cruzó el elegante vestíbulo y trató de no fijar la vista en el movimiento de las caderas de Quasar al andar.

Un magnetismo sexual irradiaba de él como un aroma exótico. Las mujeres se giraban de todas direcciones para mirarlo, y Dani no podía evitar fulminarlas con la mirada. ¡Como si tuviera derecho a estar celosa!

Quasar le cedió el paso cuando llegaron al caminito que llevaba al museo, pero Dani vaciló.

–Es por aquí –Quasar le señaló una puerta de madera labrada casi oculta entre los arbustos en flor.

Dani miró hacia la puerta con emoción. Aquel día se había puesto un atuendo tradicional en tono rosa que le destacaba el rosado de las mejillas y los labios.

–Parece que no quisieran que la gente descubriera los tesoros que hay dentro.

–Tal vez. Sospecho que están más interesados en venderles masajes carísimos –Quasar sonrió–. Veamos si está abierto.

Quasar manipuló el picaporte. Ella se recolocó el pañuelo de la cabeza, parecía nerviosa. ¿De qué tenía miedo? ¿De estar a solas con él en una habitación fresca y oscura llena de antigüedades?

La puerta cedió y una bocanada de aire acondicionado llegó hasta ellos. La habitación estaba en penumbra, con puntos de luz que iluminaban unas cuantas piezas claves, la mayoría de ellas adornos de plata labrada.

Dani pasó por delante de ellas y se dirigió hacia unas vasijas descoloridas que había en un estante en la pared del fondo.

–Estas son muy antiguas –murmuró acercándose a examinar la que tenía más cerca–. Tienen al menos dos mil años, pertenecen a la época en que este lugar estaba en la Ruta de la Seda.

Las vasijas no le parecían nada excitante a Quasar, pero el entusiasmo de Dani resultaba contagioso.

–Todo lo que hay aquí se encontró bajo la arena. Celia dice que este oasis existe desde hace mil años.

–Las caravanas de camellos pasaban por Salalah antes de emprender el largo viaje por el desierto rumbo a Jerusalén –Dani se dio la vuelta y se acercó a un exhibidor lleno de joyas de plata–. Mira esas piezas. Son exquisitas.

Quasar observó los pesados brazaletes de plata y los collares, tan largos como para estrangular a un camello.

–Apuesto a que pesan mucho.

–Apuesto a que no –Dani le sonrió–. Algunos están huecos. Se podían guardar oraciones de protección dentro. Mira los grabados de este. El orfebre debió tardar semanas en hacer esos intrincados diseños –suspiró–. Ahora estamos demasiado ocupados para hacer algo tan bello.

–¿Por qué no llevas joyas si te gustan tanto? –Quasar se fijó en que tenía agujeros en las orejas pero no llevaba pendientes.

–No se pone una joyas cuando está tratando de pasar inadvertida –le dirigió una sonrisa fugaz–. Las damas que llevaban esas piezas querían llamar la atención.

–Y que la gente hablara de lo ricos que eran sus padres o sus maridos, supongo.

–Absolutamente –Dani sonrió y se acercó a un exhibidor que tenía ropa colorida dentro–. Esto no es antiguo.

–No. Celia pensó que sería buena idea incluirlo como homenaje a nuestro atuendo tradicional. Casi nadie viste con colores tan llamativos actualmente.

–Querían destacar sobre el polvoriento fondo del desierto como magníficos pájaros exóticos. Tal vez debería empezar a llevar yo este tipo de prendas –Dani alzó una ceja.

Quasar se rio.

–No te imagino con algo tan chillón.

–Yo tampoco –Dani suspiró–. Lo cierto es que prefiero fundirme con el fondo. Creo que siempre he sido así.

–¿Incluso antes de casarte? –Quasar se moría de curiosidad por saber más sobre su matrimonio, pero no quería asustarla con demasiadas preguntas.

Ella asintió.

–Supongo que en el fondo quiero pasar desapercibida.

–No podrías pasar desapercibida aunque quisieras, ni siquiera llevando un vestido rosa tan pálido –Quasar le agarró el extremo del pañuelo y sintió la suavidad de la tela entre los dedos. El deseo se apoderó de él al imaginarse levantando más la tela para descubrir lo que había debajo.

A Dani se le aceleró la respiración, y a Quasar le pareció ver cómo se le dilataban un poco las pupilas. La atracción entre ellos era mutua, no cabía duda. Dani se apartó de él y se dirigió a toda prisa al estante en el que había unas enormes fuentes de bronce.

Quasar sintió una oleada de deseo que trató de contener. Acababa de conocerla. Pero qué diablos, eso no le había detenido nunca con antes. Que la química hiciera su magia para ver qué clase de explosiones tenían lugar.

Pero con esta chica no. Dani había sufrido y él no conocía los detalles. Se estaba recuperando de un mal matrimonio y lo último que necesitaba que un desconocido la sedujera.

Por suerte, ella se apartó y se puso a observar

una serie de dagas que colgaban de la pared. La mayoría de las fundas tenían incrustaciones ornamentales en plata, pero ella se inclinó sobre la más sencilla.

—Esta parece hecha de piel y hueso de camello. Supongo que así eran todas hace muchos siglos, cuando la gente las llevaba para usarlas, no de adorno.

«Tú mantén la daga en la funda», se ordenó a sí mismo.

—¿Por qué sonríes?

—Le dije a mi hermano que hoy me limitaría a hablar contigo. Y estaba pensando en lo difícil que me lo estás poniendo.

Dani pareció sorprendida por un instante, pero enseguida recuperó la compostura.

—¿Por qué le dijiste eso a tu hermano?

—Le preocupaba que me embarcara en un romance inadecuado. No confía en mi buen juicio.

—Será mejor que guardes las distancias. Al ser omaní, no me dará su aprobación, puesto que estoy divorciada; considérame fruto prohibido.

—¿Y si eso me hace desearte más?

—Entonces eres incorregible. Y un hombre incorregible es lo último que necesito.

Dani no se estaba haciendo la difícil. Era difícil. De hecho, para besarla necesitaría hacer el mismo esfuerzo que para subir al Kilimanjaro. Por otro lado, tal vez valiera la pena, y a él le gustaban los retos.

Capítulo Tres

¿Cómo era posible que una simple mirada la excitara así? Sobre todo cuando procedía de un playboy. Tenía que serlo para mostrarse tan seguro de sí mismo y tan seductor. Era la clase de hombre de la que debía mantenerse alejada. No debería estar ni siquiera allí. Y cuando consultó el reloj, se dio cuenta de que tendría suerte si llegaba a casa a tiempo.

–Tengo que volver a Salalah ahora mismo –llevaban casi dos horas en el museo. Dani había soportado muchos roces excitantes cuando Quasar se inclinaba sobre alguna pieza para verla mejor. Su aroma le inundaba los sentidos.

–Claro, vámonos –Quasar le abrió la puerta–. Tengo que admitir que la última vez que estuve aquí estos objetos me parecieron cacharros viejos. Pero verlos a través de tus ojos les ha devuelto la vida.

Verse a sí misma a través de sus ojos le estaba devolviendo la vida a ella. Cuando Quasar la miraba sentía como si pudiera atravesarle la ropa. La piel le ardía. El deseo le recorría las venas.

–Me encantaría saber algo más de la historia de este sitio.

–Tienes que hablar con mi cuñada Celia. Hizo algunas investigaciones para el paisajismo.

Dani tragó saliva. Si le presentaba a su familia, lo más probable sería que la rechazaran.

Rodearon la fuente para regresar al espacioso y abierto vestíbulo del hotel.

–Qué sitio tan bonito.

–Y tan rentable, al parecer. Siempre está lleno.

–El turismo le viene bien a la economía omaní. Hay que diversificar. El petróleo no durará eternamente.

–Muy cierto. Debería prestar más atención a las oportunidades de negocio mientras esté aquí. Normalmente es lo que me ocupa la mente, pero ahora estoy un poco distraído.

La sonrisa que le dirigió le provocó un escalofrío a Dani.

El aparcacoches tenía el vehículo de Quasar listo antes de que llegaran siquiera a la entrada. Quasar le abrió la puerta. Mientras avanzaban por el desierto, Dani le habló de su tesis de fin de carrera.

–Pintura persa, ¿eh? ¿No hay algunas eróticas?

–Sí. Algunas incluso pretendían ser instrucciones para el arte del amor.

–¿Has intentado seguir esas instrucciones?

Dani se rio.

–No. Ese no era el estilo de mi exmarido en absoluto. No le gustaba que le dijeran lo que tenía que hacer.

El sexo con Gordon había sido muy básico. Al principio Dani lo disfrutaba por el placer físico y por la conexión emocional que creía sentir. Más adelante se convirtió en algo que deseaba evitar.

–Me pregunto si valdrá la pena intentarlo.

–¿El qué? –Dani se había perdido en pensamientos tristes sobre su matrimonio.

–Seguir los consejos de las pinturas eróticas –Quasar le dirigió una mirada peligrosa que la hizo temblar.

–Supongo que solo hay una manera de averiguarlo –Dani alzó una ceja.

–¿Eso es una invitación? –sonrió él.

–En absoluto –su cuerpo difería. Mientras hablaban, sentía que el cuerpo se le incendiaba.

Miró de reojo el salpicadero y al ver el reloj se puso nerviosa.

–¿De verdad estaremos de vuelta a las cuatro?

Dani sintió cómo el coche aceleraba.

–Si puede hacerse, yo lo haré.

–Déjame adivinar. Seguro que ese es tu lema personal, ¿verdad?

Quasar la miró con sus ojos azules lanzando destellos.

–No te equivocas. Sin embargo, últimamente he estado pensando que ha llegado el momento de tomarme las cosas con más calma. Tal vez haya cosas que pueda dejar sin hacer.

«Como seducirme a mí».

–Tienes pensado volverte más selectivo.

–Exacto. A estas alturas creo que debo centrarme solo en lo mejor. En los negocios y en la vida.

–Pero, ¿cómo vas a saber si algo es lo mejor si

no lo pruebas? –Dani quería charlar de algo. En aquel momento, las sensaciones de su cuerpo estaban haciendo que se sintiera incómoda.

–Tengo mucha experiencia en la vida. La suficiente como para ser un gran conocedor –susurró Quasar en voz baja mirándola de reojo. Aquella mirada bastó para convencerla de que hablaba en serio.

Le creía. Dejaron atrás el desierto y subieron otra vez por las frondosas montañas. Dani dejó escapar la respiración que no sabía que estuviera conteniendo.

–No puedo creer lo bonito que es esto. Hacía años que no venía a las montañas. Ni mis hermanos ni mi padre tienen interés por la naturaleza.

–Volvamos mañana –sugirió Quasar con naturalidad. Ni siquiera se giró para mirarla–. Llevaré prismáticos para que podamos buscar pájaros.

«No. Di que no. No puedes hacerlo».

Pero su boca no fue capaz de formular una simple palabra de rechazo.

–De acuerdo.

Quasar se giró hacia ella con expresión sorprendida.

–Creíste que iba a decir que no, ¿verdad?

–Sí.

Le gustó que no mintiera.

–Al parecer soy más audaz de lo que creías.

–Me gustan las mujeres osadas –Quasar esbozó una media sonrisa que presagiaba problemas.

Y aunque resultara extraño, Dani estaba empezando a desear que los hubiera.

A la mañana siguiente se vistió con vaqueros y camiseta. Volver a vestirse con ropa occidental le resultaba liberador. Se había puesto el pañuelo antes de que Quasar apareciera, pero lo dejó en el coche aliviada y disfrutó de la mirada de admiración con la que Quasar le recorrió el cuerpo.

Mientras viajaba en coche por las verdes montañas en compañía de un hombre guapo, Dani tuvo la sensación de que todo era posible. Aparcaron y caminaron por el sendero cubierto de gruesas hojas, aromas y vida. Le sorprendió que durante aquella estación el paraíso existiera allí mismo, en su árido hogar.

–Un águila de la estepa –Quasar se detuvo y la agarró del brazo. Señaló hacia un árbol en el que había posada una magnífica ave como si estuviera en un friso egipcio–. Ha visto algo.

El ave se quedó paralizada unos segundos y luego se lanzó en picado hacia la tierra antes de volver a alzar el vuelo con una pequeña criatura aleteando en su pico.

–Ha cazado a su presa. Qué magnífica visión –Dani observó cómo el águila se posaba en una rama cercana–. Aunque no puedo evitar sentirme mal por el animal que está a punto de comerse.

–O comes o te comen –Quasar la seguía sosteniendo del brazo, aunque ahora con más dulzura–. Así es la vida.

El calor de su contacto le abrasó la piel.

–¿De verdad crees eso? ¿No hay un término medio?

Quasar parecía estar divirtiéndose.

–Supongo que sí. Pero yo no lo he explorado.

–Como no puedo imaginar que nadie te coma, supongo que estás acostumbrado a ser tú el devorador.

El se rio.

–Así es. Pero no te preocupes, a ti no te voy a comer –el sol de mediodía iluminaba sus aristocráticas facciones–. Bueno, tal vez un poco… –sonrió de forma sensual.

Algo extraño le sucedió en el vientre a Dani. Era el modo en que la estaba mirando, como si la agarrara. No podía apartar la vista. El rostro de Quasar se acercó un poco más, sus ojos brillantes clavados en los suyos. Podía aspirar su aroma varonil y almizclado…

Los labios de Quasar chocaron con los suyos precipitadamente, como el águila cayendo sobre su presa. En lugar de apartarse, Dani alzó la boca hacia la suya y se fundió en ella. Apenas era consciente del entorno natural que los rodeaba ni de las manos de Quasar en su cintura. Todo su ser estaba centrado en el beso y en el poderoso e intenso efecto que producía en su cuerpo. El calor le llegó al centro de su ser y se le extendió a las extremidades, dejándola sin aliento. Nunca había vivido un beso igual.

No supo cuánto tiempo estuvieron besándose.

–Oh, Dios –se le escaparon aquellas palabras. No se sentía así desde los primeros tiempos de su matrimonio, cuando estaba convencida de que el amor podía solucionar cualquier problema.

Quasar frunció el ceño en gesto burlón.

–¿Oh, Dios? Ese no es el efecto que pretendía provocar.

Dani aspiró el aire y contuvo el deseo de abanicarse.

–Es que no… no estoy acostumbrada a… –no sabía qué quería decir. El corazón le latía con fuerza y solo podía pensar en que lo único que quería era besar a Quasar otra vez.

Y eso era una pésima idea. Solo iba a estar allí un par de semanas como máximo. No había vuelto a mencionar la posibilidad de presentarle a su familia. Para él solo se trataba de una aventura pasajera. Si Dani pudiera tomárselo con el mismo espíritu estaría muy bien, pero no era el caso.

–Deberíamos irnos.

Quasar sintió cómo se le borraba la sonrisa. Unos minutos antes Dani y él habían sido uno solo, perdidos en un delicioso beso. Ahora se apartaba de él con los músculos tensos.

–No quería alarmarte. Ha sido un beso maravilloso, pero si lo prefieres, a partir de ahora me comportaré.

Dani apretó los labios.

–Tengo que volver a casa.

¿Qué había cambiado? Dani se había entregado al beso al instante y lo había disfrutado tanto como él.

–¿Qué ocurre?

Ella sacudió la cabeza y parpadeó. Aspiró el aire como si fuera a decir algo, pero no lo hizo.

–¿Es porque no nos conocemos lo suficiente?

–Sí –se apresuró a decir Dani–. Pero no es solo eso.

–Podemos ir conociéndonos despacio –Quasar le tomó la mano y se la apretó. Ella se puso tensa.

–No podemos. Tú te irás pronto.

–No tan pronto –estaría allí al menos dos semanas. Aunque tal vez aquello no fuera suficiente para ella. Quasar no estaba muy al tanto de las costumbres de Omán en cuanto a citas. Seguramente un hombre y una mujer tendrían que conformarse con cruzar la mirada en el zoco durante nueve meses antes de intercambiar palabra.

Pero Dani llevaba hoy vaqueros y camiseta y parecía una americana. Tenía que conseguir que siguieran allí. Si la llevaba a casa ahora no volvería a verla jamás.

–Vamos a subir un poco más alto para poder ver las águilas desde arriba. Tal vez incluso veamos los nidos.

–No creo que sea una buena idea –Dani tenía los oscuros ojos abiertos de par en par, y parecía tan confusa que Quasar sintió deseos de estrecharla entre sus brazos.

–Por supuesto que sí. Somos adultos y podemos hacer lo que queramos –Quasar escudriñó el horizonte con la esperanza de ver un águila.

–No sé qué me ha pasado. No había besado a nadie desde… desde…

41

–¿Desde que estuviste casada?

Ella asintió y frunció levemente el ceño.

–Ni siquiera pensé que querría volver a besar a nadie alguna vez.

Quasar sonrió.

–Y sin embargo lo has hecho.

–Ha sido un error –murmuró ella tras aspirar el aire.

–Debería tomármelo como un insulto –bromeó Quasar tratando de aligerar la atmósfera.

–No eres tú, soy yo.

–Eres una mujer preciosa y estás soltera, o al menos eso me has dicho. ¿Qué tiene de malo que disfrutes de un beso?

–Estoy soltera –parecía sorprendida de que pudiera siquiera dudarlo–. Y créeme, no quiero volver a tener una relación jamás.

Quasar sintió deseos de bromear y decir que había dado con la horma de su zapato, que las relaciones no eran su punto fuerte, pero se contuvo.

–Que no haya salido bien con una persona no significa que no debas volver a disfrutar de una relación.

–¿Podemos irnos ya? –le preguntó con ojos implorantes.

–Supongo que podríamos empezar a avanzar hacia el coche –estaba a unos veinte minutos de allí. Con suerte durante el trayecto podría convencerla–. ¿Por qué te da tanto miedo tener otra relación?

Dani pasó por delante de él.

–Ser pareja me convirtió en otra persona.

–¿En qué sentido?

–Me perdí. Me convertí en la persona que él quería. En una persona débil e inútil que él despreciaba.

–No te convertiste en eso. Solo te hizo sentir así. ¿Te maltrató?

–Físicamente no –confesó Dani en voz baja–. En realidad no hacía nada. Yo me convertí fácilmente en víctima. Renuncié a mi carrera, a mis amigos, dejé de hacer todo lo que me gustaba y me convertí en la sombra que él quería odiar.

La gravilla sonaba bajo sus pies. Ya debían estar a menos de diez minutos del coche.

–Parece un malnacido.

Ella se detuvo y se giró.

–Sí. Lo era. Ahora me doy cuenta, pero en su momento creía que era yo. Perdí por completo la perspectiva de mi propia vida. Ahora entiendes por qué no quiero volver a verme en una situación así.

–No te verás. Tuviste la mala suerte de entregarle tu corazón y tu confianza a alguien que no se lo merecía. La mayoría de los hombres no somos así.

–¿Ah, no? –una expresión de dolor le cruzó el rostro–. Mi padre cree que soy una estúpida.

–Entonces necesitas alejarte de él también.

–No puedo. No tengo trabajo y me queda poco dinero. Los abogados del divorcio me dejaron sin blanca. Y con la carrera tan inútil que he estudiado, como me recuerda siempre mi padre, no creo que consiga dinero pronto –los ojos se le llenaron de lágrimas–. Supongo que planeé mi vida como un cuento de hadas en el que viviría mi

43

sueño rodeada de arte y de amor. Fui una estúpida.

Dani se dio la vuelta y echó a andar otra vez apartándose ramas de la cara y descendiendo por el sendero a tal velocidad que Quasar tuvo miedo de que resbalara. Sintió una punzada de compasión en el pecho, y eso le molestó. Dani no quería su compasión. Corrió tras ella.

–Tenías un trabajo en Princeton. Eso es el paradigma del éxito.

–Y lo dejé porque no me permitía estar en casa pasando la aspiradora. Está claro que no me lo merecía.

Quasar la agarró del brazo.

–¿Por qué no dejas de compadecerte? Necesitas cambiar tu vida, no lamentarte de ella.

Dani trató de zafarse de él. Y entonces surgió de su garganta un sollozo parecido al de un animal herido.

–Lo sé. ¡Lo sé! Me odio a mí misma.

Quasar sintió una punzada de remordimiento. ¿Había contribuido a su dolor al insultarla?

–No quería hacerte daño. Pero es que me duele ver a una mujer tan bella e inteligente menospreciarse a sí misma. Tienes un gran potencial y deberías explotarlo.

Dani tenía los ojos llenos de lágrimas.

–Lo sé. Pero no sé qué me pasa.

–No te pasa nada –Quasar suavizó el agarre, pero no la soltó–. Tienes que creerlo. Y un buen comienzo sería mirar a tu alrededor, la belleza que nos rodea, y apreciarla durante un momento.

Dani parpadeó y una lágrima le resbaló en silencio por la mejilla. Alzó la vista y Quasar vio el cielo reflejado en su mirada. Un cernícalo volaba en círculos sobre ellos.

–Ten cuidado –susurró–. No muestres ninguna debilidad o podría venir a comernos.

A Dani se le dibujó una sonrisa.

–Pero yo te protegería con mis manos desnudas –Quasar alzó la mano que no la estaba agarrando–. Hago deporte, así que estoy en forma.

–Supongo que eso es tranquilizador –la sonrisa le llegó a los ojos–. Y tienes razón. Esto es precioso. No debería volver a dejarme atrapar por el miedo.

–Bien. Porque antes de que eso ocurriera, creo que estabas disfrutando del beso.

Dani volvió a mirar el ave.

–Así es –los labios le temblaron ligeramente–. Demasiado. Al principio también me gustaba besar a mi exmarido.

–Yo no soy él –Quasar le soltó suavemente el brazo y ella no salió corriendo. Era un comienzo.

–Ya lo sé –Dani clavó los ojos en él–. Pero es que estaba muy enamorada de él. Todo empezó con una atracción y acabé entregándole mi vida entera. No confío en mi sensatez.

–Yo tampoco confío en la mía con frecuencia –tenía más costumbre de lanzarse de cabeza primero y lidiar con las consecuencias después–. A veces hay que dar un salto de fe. No perder la parte de ti que siente. Eso es lo que nos hace humanos.

No podía soportar que Dani pensara que evitar experiencias era la mejor manera de protegerse del dolor.

Aunque tuviera algo de razón, sobre todo respecto a él. No tenía precisamente el mejor historial en lo que a relaciones largas se refería.

–Mira la vista que hay desde aquí. ¿No es increíble ver un río discurrir tan cerca del vasto y baldío desierto?

–Estas montañas parecen surgir de la nada. Supongo que son la prueba de que la vida florece en sitios sorprendentes.

–También la alegría puede florecer en sitios sorprendentes.

Dani se giró para mirarle con fijeza.

–Eres un seductor.

–O eso o estoy diciendo la verdad. ¿Te gustaría ir a dar un paseo por el río? Mira, ahí hay un sendero –un caminito estrecho entre los árboles bajaba por la colina en zigzag.

–¿Por qué no? –los ojos de Dani volvían a brillar–. De hecho, yo iré delante.

Quasar disfrutó de la visión de su cuerpo bajo los vaqueros ajustados que mostraban sus curvas.

–Ya casi hemos llegado –Dani le dirigió una sonrisa radiante que le dejó sin aliento.

–Me pregunto si el agua estará fría –se agachó y metió los dedos–. Sí. Está helada.

Salpicó un poco a Dani. Ella gritó y le salpicó a su vez. De pronto se vieron enzarzados en una guerra de agua que los dejó a ambos exhaustos y mojados… y volvieron a besarse.

Capítulo Cuatro

A Dani se le había secado casi por completo la ropa cuando abrió la puerta de atrás de su casa y se coló en silencio con la esperanza de que nadie hubiera visto el coche de Quasar en la calle. No podía haberla dejado en el mercado mojada y desarreglada, así que tuvo que arriesgarse.

–¿Dónde has estado?

Dani dio un respingo al escuchar el sonido de la voz de Khalid.

–¿Por qué has vuelto tan pronto de la escuela?

Su hermano de quince años estaba en el pasillo vestido de uniforme.

–La profesora de álgebra está mala. Nos han dejado volver a casa. ¿Por qué tienes los vaqueros mojados? ¿Y por qué llevas vaqueros? Creí que papá te había dicho que vistieras de otra forma.

–Soy una mujer adulta. Puedo vestir como quiera –trató de pasar por delante de él, pero el pasillo era muy estrecho y sus codos se chocaron.

–Vaya. Parece que has estado haciendo algo que no debías.

–Lo sé. Salir sin un pariente masculino. Es una pena que no estuvieras aquí, te habría pedido que me acompañaras a la tintorería.

–¿Cómo te has mojado en una tintorería? –Khalid la siguió por el pasillo.

–Me caí en una zanja. Alguien debió vaciar agua dentro de ella –la mentira hizo que se estremeciera un poco. Resultaba patético que no pudiera decirle a su hermano pequeño que había pasado la tarde en las montañas. Seguramente le interesaría saber que habían visto un cernícalo, pero Dani sabía que su padre se pondría como una fiera y no volvería a dejarla sola si supiera que había salido en coche con un desconocido.

–¿Vas a seguirme hasta la ducha?

–¿Por qué te vas a dar un ducha por la tarde?

El interrogatorio de su hermano la estaba poniendo de los nervios.

–Tengo calor. Siempre hace calor aquí en Omán, pero supongo que se me había olvidado.

–¿Cómo es vivir en Estados Unidos? Seguro que es genial.

Su tono anhelante hizo que Dani se girara. Apoyado contra la pared parecía menos un inquisidor y más un adolescente curioso.

–Es genial. Se tarda un poco en acostumbrarse a la comida pero siempre hay cosas que hacer y un montón de sitios a los que ir.

–¿Crees que papá me dejará ir a la universidad allí? A ti te dejó.

Dani suspiró.

–No lo sé –seguramente no querría arriesgarse a que otro de sus hijos se saliera del camino establecido–. Espera a que las cosas se calmen. Creo que todavía está enfadado porque yo haya vuelto con mi vida hecha pedazos. No cree que Estados Unidos sea una buena influencia.

–¿Tú crees que es una mala influencia?

Dani frunció el ceño.

–No. Pero es muy grande y algo confuso. Tienes que tener cuidado para no acabar... perdiéndote.

Ella se había perdido al entregar el corazón y el alma a un hombre que nunca podría ser feliz. Al menos ahora era consciente de que la culpa era de él. Pero todavía se preguntaba si podría haber hecho las cosas de un modo distinto. Y qué podría cambiar para no estropearlo todo en el futuro.

Quasar era distinto. Sintió una punzada de emoción al pensar en él. Khalid volvió por el pasillo hacia su propia habitación y Dani respiró aliviada. Al mirarse de reojo en el espejo vio que tenía el rostro bronceado por haber pasado la tarde al sol. Se quitó el pañuelo y dejó caer la melena por la espalda. La asaltó el recuerdo de los dedos de Quasar deslizándose por sus largos mechones.

El miedo se mezcló con la emoción que le corría. ¿Qué estaba haciendo? Había dejado que la besara. Peor todavía, ella le había besado también. Los labios le ardieron al recordarlo. Le había dicho cosas que no le había dicho nunca a nadie. Y Quasar había estado animándola y mostrando interés por ella. Tenía que admitir que aquello sirvió para alentar su confianza en sí misma.

El siguiente paso era el sexo. Sin promesas.

Quasar era una compañía divertida. Una distracción de la rutina. No era su futuro, y más le valía recordarlo.

49

A veces, cuando la gente hacía demasiadas preguntas era más fácil guardar silencio.

Los hermanos de Quasar y sus familias estaban sentados en uno de los comedores privados del hotel disfrutando de una deliciosa cena. Hasta el momento se las había arreglado para hablar solo de la excursión a las montañas. Como no dio más detalles, su familia dio por hecho que había ido solo para hacer algo de deporte.

–Me alegro de que estés disfrutando de la naturaleza de Omán –Salim alzó su copa–. Puedes ayudar a promocionar nuestro país en Estados Unidos.

–No creo que necesites ayuda. ¿No está el hotel lleno? –Quasar se sirvió un poco más de arroz.

–Tengo pensado construir un hotel nuevo más al norte, en la playa. Justo en la orilla. Es un terreno que he estado reservando para el uso adecuado. Celia está deseando hacerle el paisajismo desde que lo vio.

Celia se apoyó contra su marido. Estaba claro que le encantaba trabajar con él. Elan seguía trabajando también con su mujer, Sara, aunque ahora eran socios y no jefe y asistente. Quasar no podía imaginar lo que sería pasar día y noche con alguien. ¿No se cansaban el uno del otro? Eso debía ser amor verdadero.

Él no valía para eso. Le iban mejor las aventuras cortas. Jornadas intensas de exploración y alegría que terminaban cuando todo era todavía fabuloso. Estaba deseando continuar con su viaje por el intrigante mundo de Dani. Su pasión le había resultado inesperada, y estaba seguro de haber descubierto solo la punta del iceberg. Había llegado el momento de llevarla a su refugio privado al pie de las montañas. Estaría viviendo allí si Salim no le hubiera convencido de que se quedara en el hotel y pasara más tiempo con Elan y Sara. Ni siquiera se había pasado por allí desde que llegó.

Un camarero les llevó el café y los dátiles y los niños recibieron permiso para levantarse de la mesa. Salieron corriendo como locos y todo el mundo se rio.

Quasar tenía un plan.

–¿Habéis estado recientemente en mi casa, chicos? La decoradora me ha mandado fotos, pero todavía no he visto lo que Celia ha hecho en el jardín.

–Había doce árboles de incienso en la propiedad –dijo Celia–. Hacía años que nadie los podaba, así que lo hicimos nosotros. Te enviaré el producto final en Navidad.

–¿Significa eso que no estoy invitado a venir en Navidad? –fingió ponerse triste. Se sentía un poco raro al pensar en que pronto se marcharía–. Mañana quiero estar un rato en mi casa. Sentirla.

–Quasar, antes de que te conviertas en un ermitaño quiero que sepas que Sara y yo hemos estado buscando la mujer perfecta para ti. ¿Te acuerdas de su hermana Erin?

–Claro que si –una joven alegre y bonita con un niño pequeño. Había estado en las bodas de sus hermanos.

–Su último novio ha resultado tan nefasto como los dos anteriores –Sara le dio un sorbo a su vaso de limonada–. Así que hemos decidido que necesita ayuda para escoger. Pensamos que estaría bien intentar emparejarla contigo. Dentro de dos semanas hay vacaciones escolares, voy a intentar conseguirles un vuelo a Erin y a su hijo para que vengan.

Quasar se puso tenso.

–No sé, Sara. No estoy preparado para una nueva relación. Quiero tomarme algo de tiempo –con Dani. Lo último que necesitaba era que le emparejaran con alguien que no le interesaba. Y tampoco quería herir los sentimientos de Erin. Al parecer ya había tenido lo suyo también.

–No te hará ningún daño conocerla, ¿no crees?

–O sí. Sería una pena conocernos en un mal momento y estropearlo todo –Quasar se encogió de hombros.

–Supongo que tienes razón. Seguramente será mejor esperar a que estés preparado. Me he fijado en que no has mencionado a la mujer que conociste en la librería. Supongo que ha tenido el sentido común de rechazarte.

Una sonrisa beatífica le cruzó el rostro. ¿Por qué quería ocultarle aquello a su familia?

–Lo cierto es que hoy ha venido conmigo.

–Ah –Salim no parecía sorprendido. Ni complacido.

Sara y Celia se sonrieron la una a la otra. Elan puso cara de póquer.

–Tendré que traerla para que la conozcáis. Se llama Dani, diminutivo de Daniyah.

–Qué nombre tan bonito. Creo que no lo había oído nunca antes –dijo Sara.

–Mi abogado me estuvo contando el otro día cotilleos sobre Daniyah Hassan –Salim frunció el ceño y dejó la taza de café sobre el platillo–. No se trata de ella, ¿verdad?

–No sé cómo se apellida. Qué raro, ¿no? Y creo que tampoco le he dicho el mío.

–Pues deberías habérselo preguntado. Eso habría parado las cosas antes de empezar –Salim tenía una expresión adusta.

–¿Por qué?

–¿Regresó de Estados Unidos tras un matrimonio fallido?

Quasar se incorporó.

–Sí, ¿cómo lo sabes?

–Puede que Salalah sea una gran ciudad para los estándares omaníes, pero en realidad es un pueblo pequeño. Todos nos conocemos.

–¿No se llama Mohammed Hassan el tipo que te denunció por lo de la propiedad de la playa? –Elan le dio un sorbo a su café.

–Sí. Es su padre –Salim miró fijamente a Quasar–. Doce años en los tribunales. Por eso mi abogado está pendiente de esa familia. No conozco personalmente a Daniyah, pero su padre es como un *pitbull*. El caso sigue sin resolverse. Pero se solucionará antes de que acabe el año. Te lo aseguro.

–¿Por qué no lo resolvéis de manera amistosa?

Salim dejó escapar un suspiro.

–La tierra es nuestra. Nuestro padre pagó tres mil riales por ella en 1976. Tengo la documentación que lo demuestra.

–Entonces, ¿cuál es el problema?

–El viejo Hassan insiste en que su padre, que fue quien vendió la tierra, estaba enfermo y que lo hizo bajo presión. Asegura que el contrato es nulo y quiere recuperar el terreno –Salim se cruzó de brazos–. Pero eso no va a pasar.

–Supongo que ese terreno vale ahora mucho más.

Salim resopló.

–Añádele tres ceros y todavía no te acercarás. A ver, el anciano necesitaba dinero en efectivo e hizo un trato. Estoy seguro de que todos seríamos ricos como reyes si renegociáramos los acuerdos que hicimos en el momento equivocado. Además, ni que estuviera en la indigencia. Hassan es uno de los ingenieros más conocidos del país y tiene dos hijos muy inteligentes.

–Dani no tiene nada que ver con todo esto. Dudo siquiera que esté al tanto de la situación. Ha venido para recuperarse de un mal matrimonio.

–¿Y tú la estás ayudando? –Elan se cruzó de brazos–. ¿Eres consciente de que en Omán tienes que estar prácticamente casado con una mujer para poder besarla?

Salim se reclinó en la silla.

–No puedes comportarte como si estuvieras todavía en Los Ángeles. Y menos con la hija.divorciada de un hombre con el que tenemos pleitos en los tribunales.

Quasar se arrepintió de haber mencionado a Dani.

—Solo nos estamos conociendo. No hay nada que ocultar.

—Bien. Entonces puedes romper radicalmente y nadie lo sabrá —Salim arqueó una ceja.

—Salim, tú deberías saber mejor que nadie que no es tan fácil acabar con una relación inapropiada —los ojos de su mujer brillaron traviesos—. A mí me dejaste dos veces y terminaste casándote conmigo.

—Eso era distinto —Salim la miró con arrobo—. Nosotros nos amábamos. Quasar no puede estar enamorado de una mujer que ha conocido hace dos días.

—Tres días —le corrigió Quasar.

—Vaya, los has contado —Sara guiñó un ojo—. ¿Estás enamorándote de ella?

—Lo único que sé es que me gusta su compañía y quiero pasar más tiempo con ella —no podía explicar los poderosos sentimientos que le provocaba. Quería protegerla, cuidarla, hacerla sonreír. Quería hablar con ella de cosas pequeñas y ver cómo se le iluminaban los ojos.

—He oído que su marido no la trataba bien. Tal vez esté psicológicamente dañada —Salim miró a su hermano con frialdad.

—Es cierto, al parecer su marido es un malnacido. Pero a Dani no le pasa nada.

Salim gruñó.

—A una mujer divorciada le va a resultar muy difícil encontrar su lugar en una sociedad tan tradicional como la nuestra. ¿Y si corre la voz de que tiene una aventura? —se encogió de hombros—. Haz lo correcto y déjala.

—No puedo creer que te importe su reputación, teniendo en cuenta que su padre es tu enemigo.

—No es mi enemigo, solo es una mosca molesta que me zumba al oído.

Quasar se rio.

—Entonces, lo que yo haga con su hija no importa en realidad, ¿verdad?

—La familia Al Mansur tiene una reputación que proteger.

—Tú te has ganado tu reputación como un hostelero brillante y yo como un playboy internacional —lo mejor era tomarse la situación a la ligera—. Bueno, creo que ha llegado la hora de que les lea a los niños un cuento para dormir —alzó la voz para que pudieran oírle sus sobrinos, que seguían corriendo alrededor de la mesa.

—¡Sí, tío Quasar!

Quasar se prometió no volver a mencionar su vida amorosa delante de su familia. También decidió no comentarle a Dani la discusión sobre el terreno. Cuando llegara el momento, se acercaría a su padre y encontraría una solución que contentara a todos. Mientras tanto, lo único que le importaba era tener contenta a Dani.

***

–No está muy lejos de aquí, a unos treinta minutos. Al pie de las colinas.

Dani se apartó el teléfono de la oreja, como si así pudiera reducir el efecto que la voz de Quasar le causaba. Todas las células de su cuerpo querían decir que sí. Imaginaba el brillo travieso de sus ojos azul oscuro, podía ver el la luz del sol brillando en su revuelto cabello. Quería hundir el rostro en su camisa y aspirar su aroma masculino.

–No puedo.

–Claro que puedes –estaba claro que Quasar no era de los que aceptaban un no por respuesta–. Puedo recogerte en tu casa. O en cualquier punto clandestino. Te traeré de regreso a las cuatro.

–Mi hermano pequeño estaba hoy en casa cuando volví. Se dio cuenta de que tenía los vaqueros mojados. No puedo correr más riesgos.

–¿Me estás diciendo que no vas a volver a verme? –a Dani se le encogió el corazón. ¿Era eso lo que estaba diciendo? Le resultaba demasiado horrible imaginarlo siquiera–. Porque si eso es lo que estás pensando, estás muy equivocada. No he triunfado en los negocios rindiéndome a la primera.

Dani sintió deseos de reírse. Su insistencia le resultaba muy seductora.

–Has admitido que te cansas enseguida de las cosas. No puedo permitirme una aventura. Estoy demasiado frágil emocionalmente y además mi reputación está hecha añicos. No puedo arriesgarme a que empeore.

–Tu reputación estará tan a salvo como el te-

57

soro del sultán. Además, tal vez encuentres interesante el sitio. Es una antigua granja. No sé qué antigüedad tiene, pero seguramente más de mil años. Hay doce árboles de incienso en el jardín. Es como una ventana al pasado.

Dani vaciló. La historia era como una droga para ella. ¿Una granja de más de mil años y Quasar?

La combinación resultaba difícil de resistir.

–Eso suena muy intrigante.

–Entonces, a las diez. ¿En tu casa?

–¡No! Podrían verme los vecinos. Estaré en el mercado –la temperatura le subió ante la perspectiva de volver a encontrarse con Quasar. Resultaba un poco vergonzoso cómo se le esfumaba la determinación nada más oír su voz.

Dani se enfrentó a otra noche de sueño inquieto mezclada con el miedo y la emoción.

Como siempre, el trayecto se hizo muy corto. Era muy fácil hablar con Quasar. Sabía muchas cosas y había estado en muchos sitios, pero nunca la hacía sentirse inferior por ello. Hablaba con entusiasmo de lugares como Camboya o Perú. Condujeron por las verdes montañas hasta cruzar una extensión de hierba en dirección a una construcción distinta a todas las que Dani había visto en Omán.

–¡Tu casa tiene el tejado a dos aguas! Parece que estamos en Nueva Jersey.

–Aquí llueve mucho más que en el resto del país. Por eso está tan verde. Supongo que los antiguos granjeros pensaron que necesitaban el tejado así por la lluvia.

Las paredes de piedra estaban sin encalar, lo que proporcionaba un aspecto antiguo a la casa, que estaba a un lado de la colina. Los árboles de incienso formaban un rectángulo en la parte más alta. Dani podía imaginar a las ovejas pastando en aquella colina que parecía más propia de Irlanda que de Omán.

Quasar llegó a la puerta de madera remachada con clavos y pulsó un código en el panel que había al lado. La puerta se abrió.

–Los sirvientes electrónicos son mucho más discretos que los humanos –se detuvo en el umbral y la besó suavemente en los labios.

Dani contuvo el aliento y sintió un escalofrío.

La puerta se cerró tras ella y Quasar la tomó de la mano mientras cruzaban una habitación tenuemente iluminada y decorada con tapices bordados. A diferencia del exterior, el interior había sido redecorado con una mezcla de minimalismo y lujo. El suelo de piedra estaba pulido hasta la perfección y en las paredes colgaban modernas obras de arte. Era un espacio ecléctico, cálido y cargado de personalidad, como su guapo propietario.

Dani sentía la mano cálida de Quasar en la suya y otro escalofrío le recorrió el cuerpo. Tenía la sensación de que la estaba llevando al dormitorio, y la idea la asustaba y la excitaba a partes iguales.

Quasar abrió una puerta en arco que daba a una habitación octogonal con cortinas bordadas que cubrían las ventanas para filtrar el sol de mediodía. Una cama ancha y baja cubierta de cojines ocupaba el centro de la estancia.

Aquello no estaba bien. Pero mientras Quasar le sostenía la mano, podía imaginar la sensación de otras partes de su cuerpo: el musculoso pecho, los poderosos muslos, los fuertes brazos...

–Me encanta que estés aquí conmigo –la voz suave de Quasar era como un bálsamo–. Nadie nos interrumpirá.

–Excepto mi conciencia –Dani trató de sonreír.

–No estás haciendo nada malo.

–Todavía no. Pero tengo la sensación de que estoy a punto de hacerlo.

–En mi opinión, disfrutar de una apacible tarde en las montañas con un buen amigo no tiene nada de malo.

–No he tenido relaciones sexuales desde... desde... –sentía que debía advertirle que no era ninguna experta. No recordaba cuándo fue la última vez que disfrutó del sexo. Su exmarido había intentado mantenerse excitado lo suficiente como para complacerla. Al principio a ella no le importó, el sexo no lo era todo. Cuando conoció a Gordon era virgen, así que no conocía otra cosa y confiaba en que las cosas mejorarían con el tiempo.

Qué equivocada estaba.

–Bien –los ojos azules de Quasar brillaron–. Eso significa que vas a empezar de cero. Es un nuevo comienzo.

Capítulo Cinco

¿Era posible olvidar el pasado, o al menos dejarlo atrás? Dani se acercó a la pechera de la camisa de Quasar con una renovada sensación de optimismo. Quería desvestirle.

Él clavó la mirada en su boca mientras Dani le desabrochaba los dos primeros botones con dedos temblorosos. Tenía el pecho dorado por el sol y musculoso.

Entonces Quasar llevó las manos a los botones de su blusa y se los desabrochó con destreza. Dani vaciló cuando vio expuesto el blanco brillante de su sujetador. No se atrevía a mirarle, así que siguió ocupada en los botones que le quedaban a Quasar y trató de mantener la respiración tranquila mientras seguía la línea hasta la cinturilla de los pantalones.

–Para –Quasar le agarró la muñeca con suavidad–. Y bésame.

El beso de Quasar la envolvió en un calor reconfortante. Le gustaba que no estuviera tratando de ir rápido. El cuerpo se le arqueó por el deseo, lo que estaba sintiendo era tan confuso como excitante.

Quería ver el cuerpo de Quasar desnudo y sentir su presión. Aquel deseo le resultaba liberador tras lo cerrada que había estado, hasta el punto de olvidar lo que era realmente el placer. Ahora la inundaba por todas partes.

Llevó los dedos hasta el botón de los pantalones y se los desabrochó. Quasar estaba duro, tan excitado como ella, y cuando le bajó la cremallera disfrutó al saber que la deseaba tanto como ella a él. Quasar le desabrochó la blusa del todo e inclinó la cabeza, lamiéndole los pezones a través de la fina tela del sujetador.

Dani alzó las caderas al experimentar aquella sensación. Le pasó los dedos por el sedoso cabello y contuvo el aliento. Entonces Quasar le desabrochó el sujetador y le succionó el pezón desnudo hasta que ella se estremeció de deseo.

Nunca había deseado tanto a alguien. Deseaba hacer el amor con él más que nada en el mundo.

–Tienes un cuerpo precioso –le bajó los pantalones por las piernas y descubrió que las tenía tan musculadas como el torso.

–¿Yo? Tú eres la que tiene un cuerpo precioso –Quasar ya le había quitado la blusa, y ahora le desabrochó los pantalones y se los bajó con facilidad–. Mira qué cintura de avispa. Y un hombre podría perderse entre esos voluptuosos muslos.

Quasar se agachó y hundió la cabeza entre ellos, deslizándole la lengua en su punto más íntimo y haciéndola gemir. Cuando volvió a lamerle, Dani dejó escapar un chillido agudo.

–Oh, Dios –no sabía qué más decir. Se agarró a sus hombros. La excitación la tenía sin aliento.

Cada centímetro de su cuerpo ardía por la sensación.

–Túmbate en la cama –le ordenó con dulzura.

Dani obedeció. Se tumbó sobre la suave colcha y se relajó. Quasar se inclinó sobre ella y le besó el cuerpo, la acarició y le lamió los puntos más sensibles hasta que Dani apenas pudo seguir soportándolo.

–Quiero sentirte dentro –susurró. No recordaba haber deseado nunca nada con tanta intensidad.

–Será un placer –murmuró él en tono sensual.

Dani no podía creer que estuviera allí tumbada en su cama, retorciéndose de placer. Estar desnuda delante de Quasar le resultaba completamente natural. El aire cálido le acariciaba la piel.

Quasar se puso un preservativo y colocó su fuerte cuerpo encima del suyo antes de entrar muy despacio en ella. La miró a los ojos en el momento de la penetración, como queriendo decir que estaba allí con ella y todo lo demás no importaba.

Dani le abrazó y le dio la bienvenida, entregándose a la extraña y maravillosa sensación que se apoderó de su cuerpo. Quasar la llenó por completo, la hizo gemir de placer. Le parecía imposible haber estado sola tan solo unos días atrás, convencida de que no volvería a sentir los brazos de ningún hombre.

Conocer a Quasar lo había cambiado todo. Era como una fantasía hecha realidad en la forma de un hombre guapísimo que tenía el mundo a sus pies. Y ahora estaba allí, haciéndole el amor con todo su poder y su pasión y llenándola de felicidad.

–Ay, Dani –su voz le rozó el cuello–. No sé qué me haces. Estoy perdiendo el control. Yo… yo… –alcanzó el clímax con un escalofrío y se agarró a ella jadeando–. No sé qué me ha pasado. Quería durar más, pero…

–Ha sido perfecto –murmuró ella para tranquilizarle. Y era cierto. Ella alcanzó el orgasmo con tanta intensidad que la contracción de sus músculos debió llevar a Quasar al límite aunque él no estuviera preparado para ello. Tener semejante poder sobre un hombre la hacía sentirse sexy–. No había tenido un orgasmo así en toda mi vida –admitió.

–Bien –Quasar dejó escapar un profundo suspiro–. Yo tampoco –se rio y dejó caer la cabeza al lado de la suya–. No sé qué me haces, Dani, pero contigo todo es diferente.

Ella se rio.

–Te prometo que soy un buen amante cuando no me asaltan sentimientos inesperados e intensos –la miró a los ojos.

Dani se sintió orgullosa de que Quasar se hubiera excitado tanto con ella que fuera incapaz de contenerse.

Quasar se levantó y se dirigió al cuarto de baño. Tenía un cuerpo magnífico, esculpido como el de una estatua de bronce, y caminaba con la seguridad en sí mismo propia de todo lo que hacía. Una parte de ella no podía creer la suerte que tenía de estar allí con él en aquel momento.

El resto de su ser se preguntaba cómo iba a superarlo cuando todo terminara.

Cuando estaba enredada en su cuerpo, le resultaba fácil olvidar que el tiempo que tenía con Quasar era limitado. Todo parecía tan fácil y perfecto que se sentía tentada a creer que duraría para siempre. Pero nada era para siempre. En la vida todo tenía un límite de tiempo, y el suyo con Quasar duraría solo unas semanas más como mucho.

–¿Por qué estás tan seria? –la silueta de Quasar ocupó todo el marco de la puerta.

Dani no se había dado cuenta de que la estaba observando.

–Sé que debería aprovechar al máximo el tiempo que tenemos para estar juntos, pero no puedo evitar pensar en el futuro.

Quasar frunció el ceño y ella se arrepintió de haber sido tan franca.

–Es mejor vivir el momento.

Aquel comentario fue como una daga en el pecho. Aunque tenía razón, por supuesto. La felicidad estaba en el momento presente.

–Voy a echarte de menos cuando te vayas –susurró Dani.

–Yo también a ti. Te echaré de menos esta noche, cuando estés sola en la cama en casa de tu padre y yo esté solo en la cama del hotel de mi hermano. Me parece un crimen que no podamos estar juntos –a Quasar le brillaron los ojos–. ¿Por qué no te instalas aquí?

Dani se lo quedó mirando fijamente. Para él se trataba únicamente de una cuestión práctica y se le había ocurrido una solución práctica. Pero Dani tenía que preservar lo que le quedaba de reputación.

–Lo digo en serio. Mis hermanos estás casados con mujeres americanas. No son unos anticuados. Lo entenderán.

–No puedo. Tengo intención de vivir en Salalah por ahora, así que debo adaptarme a sus costumbres o me convertiré en una paria. Hay gente que se cambia de acera cuando me ve venir.

Quasar suspiró.

–Supongo que tienes razón. Pero, ¿no sería maravilloso que pasáramos la noche juntos?

«O el resto de nuestras vidas». Aquel pensamiento le cruzó por la mente antes de que pudiera rechazarlo.

Quasar le acarició suavemente la mejilla.

–Bueno, si no puedes quedarte, creo que lo mejor será que hagamos el amor otra vez.

El deseo le produjo escalofríos.

–Eso suena bien –siempre y cuando se tratara de una aventura secreta y nadie se enterara, podría enfrentarse al dolor a solas cuando terminara.

Quasar se tumbó en la cama a su lado y Dani le pasó la mano por el duro músculo del muslo. Ya estaba erecto, listo para ella. Observó cómo se le contraía el vientre cuando bajó los labios y le lamió. Soltó un gemido cuando le tomó con la boca, y Dani disfrutó una vez más del poder que ejercía sobre él, un poder que pensaba utilizar solo para darle placer, nunca para herirle. Le gustó que se pusiera todavía más duro mientras le complacía con la lengua. A su ex le costaba trabajo mantener una erección, pero al parecer para Quasar no suponía ningún problema. Cuando se hubo puesto el preservativo, Dani se subió encima de él y empezó a descender lentamente, disfrutando de cada deliciosa sensación.

A su ex no le gustaba que ella se pusiera arriba. Le gustaba mandar en todo, y seguramente no quería que Dani pensara que podía conseguir el placer como y cuando quisiera. La amplia sonrisa de Quasar y sus ojos cerrados le dejaban claro que era bienvenida para disfrutar de él como le apeteciera. Dani sonrió mientras movía las caderas, y una intensa oleada de placer empezó a abrirse paso en su interior.

–Esto es delicioso –murmuró.

Era maravilloso escoger el ritmo y controlar los movimientos con el único objetivo de darse placer mutuo.

–Para mí también –gimió Quasar. Le acarició la piel con los dedos, frotándole suavemente los pezones y excitándola todavía más.

Dani ya tenía la respiración agitada y le costaba trabajo pensar. Algo se apoderó de ella y se vio de pronto acelerando los movimientos. Cuando Quasar alcanzó el clímax con ella, moviéndose en su interior, la intensidad de la sensación la llevó a gritar. En aquel momento se sintió muy cerca de él, sin preocupaciones que se interpusieran entre ellos.

¿Cómo iba a estar mal algo tan maravilloso que

no hacía daño a nadie? Dani cayó suavemente encima de él y sus fuertes brazos la estrecharon. Se sintió querida y protegida.

–Ha sido increíble, Dani –murmuró él con dulzura.

Sus cuerpos parecían encajar a la perfección.

–Tú eres increíble –no le estaba diciendo nada que él ya no supiera, pero no le importaba ser una más en su larga lista de mujeres. ¿Por qué no? Nunca había experimentado tanto placer con el sexo–. Y me alegro mucho de que interrumpieras mi lectura aquel día.

–Yo también. Me duele decirlo, pero ya casi es hora de que te vayas.

–¿Ya? Siento como si acabáramos de llegar –Dani consultó su reloj. ¿Cómo era posible que tres horas hubieran pasado tan deprisa? Y qué encantador por parte de Quasar controlar el tiempo por ella cuando podría haberse dedicado únicamente a buscar su propio placer–. Ojalá pudiera quedarme, pero los dos sabemos que no es así.

–¿Puedes volver mañana?

Dani sonrió.

–Me encantaría.

Al día siguiente apenas pudieron esperar a llegar para quitarse la ropa el uno al otro y hacer el amor de manera apasionada. La atracción entre ellos era tan intensa que parecía que iba a quemarles la piel. Dani nunca había experimentado un deseo tan poderoso. Luego se envolvieron en los albornoces de seda que había en el armario y abrieron la comida que Quasar había traído del hotel.

–Cielos, mira esa ensalada. Debe de tener al menos veinte ingredientes distintos –había trozos de fruta, nueces y lechugas verdes. Todo parecía recién recogido.

–Salim busca por el mundo a los cocineros más creativos y les hace una oferta que no pueden rechazar.

–Debe costarle un poco convencerles para que vengan a Salalah. Apuesto a que muchos de ellos ni siquiera han oído hablar de este sitio.

–El dinero lo consigue todo. Al menos según mi experiencia.

–Esa es una visión muy mercenaria del mundo –Dani sirvió dos vasos de limonada fresca con hojas de menta.

–Es cierto. ¿Qué crees tú que motiva a la gente? –la mirada de Quasar encerraba un reto. Dani decidió aceptarlo.

–Creo que la mayoría de la gente quiere ser feliz.

–Estoy de acuerdo hasta cierto punto –Quasar se sentó en uno de los sofás con un plato de ensalada entre las rodillas–. El problema es que nadie sabe qué le hace feliz. La gente ni siquiera es consciente de serlo. Solo se da cuenta cuando ya no lo es.

–¿Y entonces deciden que unos cuantos ceros más en la cuenta hará que se sientan mejor?

–Más o menos –Quasar le guiñó un ojo.

A Dani le costaba reconocerse en aquella afirmación, porque el dinero no la motivaba. Afortunadamente, nunca había tenido que preocuparse de si comería al día siguiente. Pero por otro lado, ¿era feliz?

Miró al hombre que estaba sentado en el sofá a su lado comiendo ensalada. En aquel momento, la respuesta era sin duda que sí. Era feliz. Sabía que no duraría eternamente, pero en aquel momento lo era.

—Me gustaría conocer a tu padre.

—¿Qué? —Dani estuvo a punto de dejar caer el tenedor.

—No está bien que sigamos viéndonos en secreto. Estamos en Omán y deberíamos adaptarnos a sus costumbres.

Dani tragó saliva.

—No creo que sea una buena idea.

—¿Por qué no?

—Vas a estar aquí muy poco tiempo. No tiene sentido.

—Claro que sí. No tenemos que decirle que nos acostamos, pero al menos debería saber que somos amigos.

—No somos amigos —eran mucho más que eso. O mucho menos. No lo tenía claro. Se le había formado un nudo en el estómago. La sensación de felicidad se había evaporado en el aire al enfrentarse a la auténtica naturaleza de su relación.

Quasar seguía pareciendo relajado mientras sorbía su limonada.

—No te preocupes. Yo le camelaré.

–No será presa de tu encanto. Es ingeniero. Para él todo es estructura y materia.

–Confía en mí.

Dani sacudió la cabeza.

–Confía tú en mí. No es una buena idea. Además, no me gusta que me digan lo que tengo que hacer. Esa es la especialidad de mi exmarido, ¿recuerdas?

Se sentía orgullosa de sí misma por estar diciendo lo que pensaba. No necesitaba que ningún hombre manejara su vida ni le dijera lo que era apropiado y lo que no.

–No quiero decirte lo que tienes que hacer, pero no me gusta esconderme. No tenemos nada de qué avergonzarnos.

–Acabas de decir que no hay necesidad de contarle que nos acostamos, así que estarías ocultando algo. Para mí será todo más fácil si no se entera de lo nuestro.

–Te he estropeado esta deliciosa comida –Quasar miró enfadado el tenedor de Dani, que ahora estaba al lado del plato–. Lo siento. Dejaré el tema. Si quieres ser mi amante secreta, me parece bien.

Dani sonrió.

–Apuesto a que esta no es tu primera aventura secreta.

–No te mentiré, no soy ajeno a los subterfugios, pero me estoy haciendo mayor para eso. Deberíamos disfrutar de nuestra mutua compañía abiertamente.

–En Estados Unidos tal vez, pero no en Omán

–Dani volvió a agarrar el tenedor y trató de esbozar una sonrisa–. Te agradezco que quieras conocer a mi padre. Es muy amable de tu parte. Pero no es una buena idea.

–Tú sabes más que yo en ese sentido. Has vivido en Omán más tiempo.

No parecía enfadado, ni siquiera molesto. Seguramente tampoco le importaba demasiado y solo lo había sugerido para complacerla.

Dani se llevó un poco más de ensalada a la boca y dejó que la dulzura de la naranja y el mango se le deslizaran por la boca. Necesitaba vivir el momento. Ser feliz cuando la oportunidad se presentaba.

–Veo que no tienes hambre, preciosa –Quasar dejó el plato y se arrodilló a sus pies. La besó en las yemas de los dedos y luego en los labios. El deseo se apoderó de Dani y le borró todas las dudas y las preocupaciones–. ¿Volvemos al dormitorio?

Ella dejó el plato en la mesita auxiliar de madera. Sentir era mucho más fácil que pensar. En aquel momento solo quería apretar su cuerpo desnudo contra el de Quasar y perderse en su contacto.

–Por supuesto.

Capítulo Seis

–Te lo digo en serio, déjala en paz. Su padre odia a toda nuestra familia –Elan tiró de las riendas de su caballo, que respiraba con dificultad. Habían sacado dos caballos que habían pedido prestados a un buen amigo y se habían dirigido a las montañas. Estaban en lo alto de una colina desde la que se divisaba parcialmente Salalah entre los árboles.

Quasar se reclinó en la silla de su yegua gris, que resoplaba por el esfuerzo de subir la montaña.

–Pero puedo razonar con él, hacer un trato que le convenga. Mi especialidad es negociar en situaciones difíciles.

–Y también lo es buscártelas. ¿Vas a casarte con ella? –la mirada de su hermano lo atravesó.

–Acabo de conocerla.

–¿Lo ves? Solo estás experimentando. Jugando. Y creo que los dos sabemos lo que va a ocurrir, teniendo en cuenta tu historial de relaciones.

Quasar frunció el ceño.

–Crees que me aburriré de ella.

–No la conozco. ¿Cómo puedo saberlo? –Elan se inclinó para espantar una mosca del caballo.

–Quiero traerla para que todos la conozcáis.

73

–Eso la hará creer que vas en serio.

–¡Voy en serio!

–No para los estándares omaníes. Ir en serio significa casarse. No le pidas que te siga hasta que no sepas adónde vas.

Los dos hermanos guiaron los sudorosos caballos hacia el sendero de la colina.

–¿Cómo saber adónde voy si no salgo al menos en dirección correcta? ¿Tú supiste desde el principio que querías casarte con Sara?

Elan se rio.

–¡Diablos, no! Estaba decidido a no tener nada con ella. Yo era su jefe.

Elan no solo había tenido una aventura con su secretaria, sino que además la había dejado embarazada accidentalmente.

–Pero terminaste en el lugar adecuado, te casaste con la mujer que amas.

–Sí –Elan bebió de su cantimplora–. Aprendí a dejar de mandar y a tratar de dirigir el espectáculo y dejé que Sara fuera mi compañera. Así que si Dani no quiere que conozcas a su padre, no lo hagas.

–Entiendo lo que dices.

–No puedes abrirte camino con tu encanto en todas las situaciones. El viejo Hassan odia a nuestra familia con una pasión que podría durar varias generaciones. Si puedes evitar no enamorarte de su hija nos harás un favor a todos –la mirada penetrante de Elan le pilló desprevenido–. No estás enamorado de ella, ¿verdad?

–¿Yo?

¿Por qué no podía dejar de pensar en ella, de querer estar con ella, de hablarle a todo el mundo de ella? ¿Sería eso amor?

Seguramente no. En cualquier caso, se trataba de un afán de posesión que sin duda le traería problemas.

–Porque si estás enamorado de ella, la cosa cambia. Entonces, no te acerques a su padre. Si lo haces, él pensará que vas en serio. Y si no la amas, no vas en serio. ¿Galopamos un poco?

–Claro.

La cabeza le daba vueltas confundida mientras urgía a su caballo a ir más deprisa. ¿Por qué los asuntos del corazón eran mucho más complicados que los de negocios?

–¡Te echo una carrera hasta allí! –exclamó Elan señalando un solitario árbol de incienso que había en el desierto.

Alentado por su instinto competitivo, Quasar se lanzó al galope hasta que estuvieron a la misma altura. Cuando su caballo adelantó al de Elan, Quasar soltó un grito en el aire del desierto. Un grito de triunfo que también contenía un aullido de frustración ante la situación en la que se encontraba con Dani. El sexo con ella era una locura. Y todo el mundo, incluida ella, pensaba que debería mantenerse alejado. Entonces, ¿por qué quería ignorarlos a todos y llevar aquel asunto a su manera?

–Buenos días, cariño –el padre de Dani llegó a casa aquella noche de buen humor.

75

No recordaba que la hubiera llamado así nunca. Sintió una punzada de alarma.

–¿Qué ocurre, papá? –Dani le agarró el maletín y lo colocó bajo la mesa del vestíbulo.

–Samir Al Kabisi ha venido esta mañana a mi oficina –le contó él sonriendo.

Dani se quedó paralizada.

–Ha hecho una generosa oferta para casarse contigo, y te alegrará saber que he aceptado.

–¿Cómo? No voy a casarme con él.

–No seas estúpida, Dani –la expresión jovial de su padre no se había alterado–. Es una oferta excelente y él es un buen hombre. Tiene su propia empresa y podría retirarse tranquilamente mañana si quisiera.

–Pero yo no estoy enamorada de él –le temblaba la voz. Sabía que su padre no la obligaría a casarse con aquel hombre, pero sin duda su negativa provocaría una discusión entre ellos.

–El amor crece con el tiempo. Es una tontería moderna eso de intentar enamorarse antes de estar comprometido.

–Nunca le amaré. Es demasiado viejo. Le haré desgraciado y yo también lo seré.

La expresión de su padre se ensombreció.

–Daniyah, he sido muy indulgente contigo desde que volviste a casa. Una vez intentaste hacer las cosas a tu manera y el resultado fue desastroso.

Ella no lo negó.

–Ahora es el momento de que escuches la sabiduría de tu padre y de la generación anterior, cuando la vida era más sencilla y la gente más feliz.

Dani no podía argumentar y decir que el matrimonio de sus padres no era feliz. Sospechaba que no fue así, pero solo eran suposiciones.

—No me niego a casarme otra vez, pero tiene que ser con alguien por quien pueda llegar a sentir algo.

—Samir es un hombre bueno. Todos los años celebra una fiesta que recauda fondos para el orfanato.

—Seguro que es maravilloso, pero no hablo de ese tipo de sentimientos. Los dos somos adultos. Si voy a compartir lecho con mi esposo, tengo que sentirme atraída hacia él.

—Daniyah, estoy asombrado. La discreción es una cualidad esencial en una mujer.

—Tengo que decirte la verdad. Sobreviví a un mal matrimonio y no estoy dispuesta a volver a equivocarme. Tienes que decirle al señor Al Kabisi que rechazo su amable oferta. O iré a decírselo yo.

Su padre chasqueó la lengua. No quedaba ya rastro de buen humor en él.

—Un padre no cuenta con tener que soportar la carga de una hija que regresa a casa a tan avanzada edad.

Dolida por la humillación, Dani alzó la barbilla.

—No soy tan mayor. Encontraré trabajo.

—¿Como historiadora del arte? —se burló su padre—. Tendrías que haber estudiado algo sensato. Podrías haber sido ingeniera, arquitecta incluso, pero no, tenías que estudiar algo estúpido sin perspectiva profesional, como si tu única intención fuera ser la esposa de un hombre rico.

A Dani se le llenaron los ojos de lágrimas.

–El arte es mi pasión.

–Pescar era mi pasión cuando yo era niño, y no decidí convertirme en pescador.

Tenía que reconocer que sus palabras tenían sentido. Se dejó cegar por la idea romántica de que todo el mundo debería buscar la felicidad.

–Tienes razón. Pero encontraré algo. Trabajaré en una tienda.

Su padre no parecía muy convencido.

–Al menos consúltalo con la almohada. Con Samir estarás muy cómoda. Tiene una casa enorme a unas cuantas calles de aquí y conduce un Mercedes.

–No voy a cambiar de opinión –susurró Dani–. Me duele la cabeza. Voy a echarme un rato.

Se saltó la cena y se levantó a tomar algo cuando los demás se acostaron. No podía soportar la idea de estar sentada con los tres hombres Hassan mirándola con escepticismo.

Pensó una vez más que tal vez debería haberse quedado en Nueva Jersey, donde al menos no tendría encima a ningún pretendiente anciano. Pero Nueva Jersey era muy caro. No tenía trabajo ni un sitio donde vivir, y no podía volver con su tía, que tenía cuatro hijas y que ahora la consideraba una mala influencia.

Escuchó un ruido al otro lado de la puerta y levantó la cabeza de la almohada. Escuchó voces masculinas, y una en particular la dejó sin aliento.

Podría haber jurado que era la voz de Quasar.

Dani se levantó de la cama y corrió a la puerta

del dormitorio. La casa solo tenía una planta y se abría alrededor del vestíbulo, y si abría la puerta seguramente la verían. Las voces parecían proceder de la puerta de la calle.

–Sé perfectamente quién eres –estaba gritando su padre–. Toda tu familia ha participado en el complot para privar a mis herederos de sus derechos.

¿Qué? Dani pegó la oreja a la puerta. Ahora estaba desesperada por escuchar la otra voz.

–Señor Hassan, he venido a presentarme ante usted con el mayor respeto. Tal vez no sepa que he vivido muchos años en Estados Unidos y tengo poco que ver con los asuntos de mi familia. No he jugado ningún papel en el asunto judicial que se interpone entre nuestras familias.

A Dani le subía y le bajaba el pecho rápidamente. Sí, parecía Quasar. Pero no podía ser, porque le había pedido explícitamente que no fuera a su casa. Y si fuera Quasar, estarían hablando de ella, y no era así. No tenía ni idea de qué estaban hablando. Frunció el ceño.

–¡Yo maldigo el apellido Al Mansur y no permitiré que ninguno de esos hijos de perra se acerque jamás a mi hija!

Dani se quedó paralizada.

–No estoy aquí en representación de mi familia ni de nadie más. He venido como un hombre de honor en busca de su aprobación para conocerla y hablar de ella.

Ahora estaba segura de que era la voz de Quasar.

–Mi hija ya está comprometida. Un hombre me ha pedido hoy su mano y he aceptado su proposición.

–Sin duda, Dani tendrá algo que decir al respecto –Quasar parecía asombrado, como era de esperar–. Es una mujer adulta, no una niña que no sabe lo que quiere.

–Ya hizo lo que quería en el pasado y se ha demostrado que fue una mala idea. Mi hija entiende que solo quiero lo mejor para ella.

Dani no pudo seguir soportándolo. Abrió la puerta del dormitorio y salió al pasillo.

–¿Qué estás haciendo aquí? –le preguntó a Quasar mirándole fijamente.

Tenía un aspecto regio con al atuendo tradicional omaní. Era la primera vez que le veía con él puesto, pero estaba furiosa porque había actuado en contra de sus deseos.

–Eres una mujer omaní respetable y yo soy un respetable hombre omaní. La costumbre es que me presente ante tu padre y le pida permiso para cortejarte.

–¡Permiso no concedido! –gruñó el padre de Dani–. Y no te doy permiso para poner tus sucios pies en mi casa. ¿Tú qué tienes que decir, Daniyah? ¿Has alentado las atenciones de este depravado?

Ella tragó saliva.

–Yo…

–No ha hecho nada para alentar mis atenciones. Solo me fijé en que ambos compartimos el placer de la lectura y una breve conversación me sugirió que teníamos intereses en común. Me gustaría conocer mejor a su hija –Quasar miró a Dani con sus grandes ojos azules.

–Daniyah, ¿has hablado con este hombre?

Nunca le había visto tan enfadado.

–Sí, padre, he hablado con él –si su padre supiera qué más cosas habían hecho, seguramente le daría un ataque al corazón allí mismo.

–La conducta de su hija ha sido impecable.

–Si no te marchas de mi casa ahora mismo, llamaré a la policía.

–Señor, se lo suplico, me conformaré con intercambiar algunas palabras con su hija aquí en su casa, bajo su supervisión.

Quasar no parecía en absoluto impresionado por la rabia de su padre. De hecho, le pareció ver un brillo de diversión en sus ojos. Y dadas las circunstancias, aquello la molestó. Quasar no había corrido ningún riesgo personal apareciendo allí. Aunque su padre le odiara, ¿qué más daba? Volvería a Estados Unidos y enseguida olvidaría su aventura.

Por su lado, ella tendría que vivir con las repercusiones de aquella visita el resto de su vida.

–Deberías marcharte –le dijo con frialdad mirándole a los ojos.

¿Cómo era posible que hubiera ignorado de tal modo sus deseos? Le había dicho que no fuera. ¿Quién se creía que era?

–Si Daniyah quiere que me vaya, me iré –aseguró inclinándose respetuosamente hacia ella.

Luego murmuró una despedida tradicional dirigida a su padre y se marchó con paso firme.

Dani respiró aliviada al verle desaparecer de su vista. Su padre cerró la puerta y se giró despacio hacia ella.

–¿Qué significa esto, Daniyah? Ahora vives en Salalah. No puedes ponerte a hablar con el primer desconocido que pase a tu lado en una tienda. Debes haberle animado de algún modo para darle la seguridad en sí mismo de venir a llamar a mi puerta. ¿Tienes idea de quién es este hombre?

Dani sacudió la cabeza en silencio. En realidad no la tenía. Resultaba difícil creer que nunca le hubiera preguntado su apellido. No le había parecido relevante.

–Quasar Al Mansur es el hijo pequeño de Hakim Al Mansur.

El apellido le resultaba vagamente familiar. No prestaba mucha atención a los cotilleos locales, pero le sonaba que se trataba de una especie de jeque del petróleo.

–Afortunadamente, Hakim ya no está en este mundo, pero sus hijos siguen negándose a reconocer el derecho de propiedad de nuestra familia sobre los terrenos de Fabriz. Engañaron a mi padre para que se los vendiera por unos cuantos miles de riales cuando no era más que un rincón de pescadores. Ahora vale millones porque está al borde del mar y se puede construir, pero ellos siguen manteniendo que ese patético acuerdo que forzaron es válido.

–Si eso fue cosa de su padre, seguramente Quasar no tiene nada que ver –se dio cuenta de que parecía estar defendiéndolo.

–Tengo un asunto judicial pendiente con la familia Al Mansur desde los años ochenta. Todavía no he ganado, pero tampoco he perdido. Salim Al Mansur lleva años queriendo construir uno de sus hoteles en esa propiedad, pero no ha podido hacerlo debido a la demanda –una expresión de satisfacción le cruzó el rostro–. Solo es cuestión de tiempo que mis derechos se reconozcan y la propiedad regrese a nuestra familia. Tus hermanos merecen recoger esos frutos, no los Al Mansur, que tienen tanto dinero y tantas tierras que ya no saben qué hacer con ellos.

Dani parpadeó. Sabía que se trataba de una familia rica y poderosa, pero qué mala suerte. El primer hombre del que se había enamorado era enemigo acérrimo de su padre.

Quería volver a su cuarto, tumbarse en la cama y seguir llorando. Pero eso no resolvería sus problemas.

–No veré a Quasar a tus espaldas –le resultó sencillo tomar la decisión.

Quasar había hecho caso omiso a su petición de que no fuera a su casa. Estaba claro que no le importaba lo que ella pensara, había pasado por encima de sus deseos y necesidades igual que su exmarido.

–Pero tampoco me casaré con Samir Al Kabisi –continuó, reuniendo todo su valor–. No estoy preparada para volver a casarme, padre. Es demasiado pronto. Ese matrimonio sería un desastre y una decepción para él, lo que dañaría aún más mi reputación. Estoy segura de que tú no quieres eso.

–Desde luego que no –el color estaba regresando al rostro de su padre. Suspiró–. Las cosas eran mucho más fáciles en los viejos tiempos, cuando las jóvenes escuchaban a sus padres.

Dani se levantó a la mañana siguiente con un peso en el pecho. Todo había terminado. Le había prometido a su padre que no lo vería en secreto y hablaba en serio.

Había buscado en Internet a Quasar y los resultados eran alarmantes. Salían más historias de su vida amorosa que de sus triunfos empresariales. Al mirar la interminable ristra de fotos de Quasar acompañado por mujeres bellísimas en estrenos de cine, discotecas y fiestas se dio cuenta de que ella no era más que otra muesca en su revólver.

El día se abría ante ella como un desierto inmenso. Podría ir a comprar algo de comer, porque de las labores de la casa se encargaba una mujer. Resolvió quedarse en la cama hasta que reuniera fuerzas. Pero a los cinco minutos empezó a sentirse inquieta. No iba a quedarse tumbada esperando a la vida. Tenía que vivir, y en aquel momento eso implicaba buscar un trabajo. Tal vez en las escuelas de sus hermanos necesitaran una administrativa. Decidió presentarse allí, así que se duchó y se vistió de un modo conservador con un conjunto verde oscuro. Se estaba arreglando el pelo cuando llamaron a la puerta.

Dani miró el reloj. Eran las diez en punto. La hora a la que había quedado con Quasar.

Se quedó mirando su expresión de asombro reflejada en el espejo. ¿Habría sido capaz de presentarse como si nada hubiera ocurrido?

Cuando volvieron a llamar, esta vez con más insistencia, Dani se puso de pie. Si era Quasar, tenía que echarle de allí antes de que los vecinos le vieran. Corrió por el pasillo y miró a través de la mirilla. La visión del hermoso rostro de Quasar la dejó sin aliento, como siempre. Recuperó la compostura y abrió la puerta.

–Entra, deprisa.

Ya estaba rompiendo la promesa que le había hecho a su padre, pero lo hacía para evitar posibles cotilleos, así que confiaba en que lo aprobaría.

Quasar cruzó el umbral. Estaba más serio de lo habitual.

–Buenos días, Dani –se inclinó para besarla, pero ella se apartó.

–No deberías estar aquí. Te dije que no vinieras.

Quasar tuvo la decencia de parecer un poco ansioso.

–Mi intención era causar una buena impresión. Pensé que si podía hablar con tu padre vería que soy un buen tipo a pesar de los rumores que afirman lo contrario.

Dani sintió deseos de echarse a reír. O a llorar.

–Y ahora te das cuenta de lo equivocado que estabas. Te dije que no vinieras y no me hiciste ni caso. ¿Sabías que mi padre tiene a tu hermano denunciado por un trozo de tierra?

Él se encogió de hombros.

–Lo sabía. Confiaba también en encontrar una solución para ese problema.

Dani contuvo el deseo de gruñir.

–¡Eres un arrogante! El encanto no puede arreglarlo todo. De hecho, seguramente no pueda arreglar nada. No puedo creer que supieras que nuestras familias están enfrentadas y ni siquiera me lo dijeras. Soy tan ingenua que nunca se me ocurrió pensar que debiera conocer tu apellido. Incluso yo he oído hablar de los Al Mansur.

–Si te hubiera dicho mi apellido desde el principio, ¿habrías salido huyendo?

–Totalmente.

–Entonces estuvo mejor ser discreto.

–No. Ahora mi padre está furioso y no confía en mí. Si supiera lo que hemos estado haciendo juntos, me echaría a la calle. Probablemente me lo merezco.

Para los estándares omaníes era una pérdida sin posibilidad de redención.

–Tienes que irte.

–Vine a ver a tu padre porque me importas mucho, Dani –Quasar le clavó la mirada con la intensidad de un láser–. No quería andar escabulléndome como si lo nuestro fuera un devaneo sin importancia. Mis hermanos me dijeron que si venía a verle se daría cuenta de que voy en serio –frunció el ceño–. Porque así es.

A Dani le latía el corazón con tanta fuerza que no podía pensar, y mucho menos hablar. ¿Estaba diciendo que quería casarse con ella? No, no había dicho eso. Se maldijo a sí misma por ser tan estúpida como para pensarlo.

–Tienes que irte. Puede que los vecinos te hayan visto llegar.

–No voy a irme a menos que vengas conmigo –Quasar la tomó de las manos–. No me digas que no sientes nada por mí.

Una emoción desconocida se abrió paso en su pecho.

–Sí, siento algo hacia ti. Rabia. Hiciste deliberadamente algo que te pedí que no hicieras.

–Ven conmigo y hablaremos de ello. Al menos concédeme eso –le imploró Quasar con la mirada.

El sentido común quedó nublado por sentimientos mucho más poderosos mientras Quasar le sostenía las manos con la mirada clavada en la suya. ¿Sería capaz de dejarle marchar sin que le diera alguna explicación? El corazón le decía que no.

–De acuerdo, hablemos. Pero nada más. Voy a calzarme.

Una vez fuera de la casa, Dani miró de reojo en ambas direcciones y se metió a toda prisa en el asiento del copiloto del Mercedes plateado de Quasar. Rezó para que nadie la hubiera visto. Se puso unas gafas de sol que había en la guantera.

–Rápido, salgamos de aquí antes de que alguien nos vea.

–Haces que me sienta como el espía de una película.

–Si mi padre se entera de que has vuelto estarás en una película muy distinta. Una de terror.

Dani se arrebujó en el asiento mientras Quasar salía a la carretera principal. No había visto a nadie conocido. Por otro lado, se dirigía quién sabía adónde con Quasar cuando había jurado mantenerse alejada de él.

La adrenalina se corrió deprisa por las venas.

–No puedo creer que ignoraras por completo lo que te pedí. Decidiste hacerte cargo de mi vida sin importarte lo que yo piense. Igual que mi ex.

–No lo había visto así. Lo siento.

–Lo último que necesito es que otro hombre me diga lo que tengo que hacer. O peor todavía, que no me lo diga. No fue una sorpresa agradable escuchar tu voz en el vestíbulo –le estaba sentado bien poner voz a sus sentimientos. Durante mucho tiempo no lo había hecho por miedo.

–Pensé que si lograba convencer a tu padre te pondrías muy contenta –Quasar se encogió de hombros–. No estoy acostumbrado a esperar. Prefiero actuar. ¿Crees que podrás perdonarme?

–De ninguna manera –Dani clavó la mirada en el parabrisas. Mirar a Quasar resultaba peligroso. Era demasiado guapo.

–¿Qué voy a hacer contigo?

Dani decidió que su tono seductor solo iba a servir para aumentar su furia.

–Decirme adiós para siempre y dejarme en casa –le miró un instante de reojo solo para comprobar si era inmune a sus encantos.

La respuesta fue que no.

–Tengo una idea mejor. Ven a conocer a mi familia.

Capítulo Siete

La respuesta de Dani fue inmediata y le salió del alma.

–Es una idea espantosa.

–No estoy de acuerdo. Te caerán bien.

–Tu visita a mi casa ha sido un completo desastre, ¿qué te hace pensar que esto irá mejor?

–Estoy dispuesto a correr el riesgo –Quasar giró en dirección a la playa–. Y no suelo equivocarme.

Dani se fijó en que estaban pasando por delante de los palacios más imponentes de Salalah.

–En el amor sí te equivocas. Anoche busqué tu nombre en Internet y me he enterado de que además de un brillante empresario has salido con una larga lista de mujeres hermosas.

–No puedo negar ninguna de las dos acusaciones. He tenido la fortuna de disfrutar de la compañía de mujeres maravillosas –Quasar sonrió–. Pero ninguna de ellas te hace sombra.

Dani sintió que se iba a sonrojar. ¡Menudo adulador! No debería tomarse en serio sus palabras.

–¿Te presentaste en sus casas para conocer a sus padres?

–No. Eso debería demostrarte que lo que siento por ti es distinto.

Atravesaron un arco alto de puertas de hierro que se abrieron ante ellos. Dani sintió una punzada de pánico.

–Espera. Todavía no he dicho que sí.

–Demasiado tarde. Ya hemos llegado –Quasar condujo con calma por la larga avenida de palmeras.

–Mi peor pesadilla es que un hombre me diga lo que tengo que hacer –Dani se secó las sudorosas palmas de las manos en el traje verde bosque. Al menos iba bien arreglada.

–La mía es que una mujer que me tiene loco me diga que no quiere volver a verme. Así que estamos empatados –Quasar sonrió–. Relájate. No intentes impresionarlos –debió de ver cómo se recolocaba el pañuelo–. Son muy simpáticos, de verdad.

–¿Como tú?

–Creo que yo soy más simpático que mis hermanos. Pero mis cuñadas son encantadoras y te harán sentir muy cómoda.

–¡Pero ni siquiera saben que voy a venir! ¿Y si están ocupados?

–No lo están. Sé que tenían planeado pasar el día de relax en la playa con los niños. Están de vacaciones.

–No voy precisamente vestida para la playa.

–No te preocupes por eso. En la tienda del hotel tienen todo lo que necesitas. Y no intentes convencerme de que no te vas a sentir cómoda en bañador. He visto tu maravilloso cuerpo con mis propios ojos.

La mirada de lobo que le dirigió tendría que haberla irritado más, pero lo que consiguió fue excitarla.

–¿Y si no quiero conocer a tu familia?

Quasar llevó el coche hasta una enorme entrada circular con una espectacular fuente en el centro. Dani había oído hablar de aquel hotel antes. Era increíblemente caro y muy exclusivo. Parecía el palacio de un sultán. Quasar aparcó y le tomó las manos entre las suyas.

–Dani Hassan, me gustas mucho. Para mí es importante conocerte mejor, y quiero que tú también me conozcas. Si luego decides que me odias, podré soportarlo. Pero por favor, concédeme el honor de conocer a mi familia. Significaría mucho para mí.

A Dani se le enterneció el corazón al escucharle hablar con tan aparente sinceridad. Por supuesto, seguro que así se comportaba con todas aquellas bellezas de las revistas del corazón. Pero si una actriz era incapaz de decirle que no a Quasar, ¿qué posibilidad tenía ella?

–De acuerdo.

Antes de que pudiera pararse a pensar, un botones le abrió la puerta del coche y Dani salió a la brillante luz del sol. Quasar se acercó al instante y la tomó del brazo como si quisiera impedir que saliera corriendo. Ella miró a su alrededor muy nerviosa. ¿Y si para la familia era muy importante el asunto del terreno y la consideraban una enemiga?

Y aunque fueran amables, ¿y si alguno de los socios de su padre estaba allí? ¿O un vecino?

Trató de calmarse y se dijo que la mayoría de los huéspedes parecían extranjeros, a juzgar por su atuendo.

–Seguramente estarán desayunando todavía.

Quasar la guio hacia un enorme vestíbulo de arcos altos y ricos mosaicos en las paredes. Atravesaron varios comedores soleados y en el último, situado en una terraza con vistas a la playa, Dani vio a un grupo de personas riéndose alrededor de una enorme mesa. Las dos mujeres rubias debían de ser las cuñadas americanas de Quasar. Cuatro niños de entre dos y seis años revoloteaban a su alrededor. Dos hombres altos y guapos sorbían su café con gesto tranquilo.

–Me alegro de que estéis todos aquí –la voz grave de Quasar llamó al instante la atención del grupo–. Quiero que conozcáis a alguien muy importante.

Dani se puso blanca cuando dijo su nombre y se preguntó si reaccionarían con hostilidad o con desdén, pero sus cálidas sonrisas y sus saludos la calmaron al instante. Salim tenía un aspecto un poco intimidante con el traje negro, pero Dani se sintió aliviada al ver que no mencionaba el asunto judicial y le pedía que se sintiera en el hotel como en su casa.

Elan tenía un aspecto más desenfadado con los vaqueros y la camiseta blanca. Un camarero acercó dos sillas y cestas de fruta y pastas frescas, además de otra cafetera. Para sorpresa de Dani, enseguida entablaron una agradable conversación sobre las diferencias entre la vida en Estados Unidos y en Omán. Se relajó un poco en cuanto tuvo claro que no la consideraban una enemiga.

–Quasar finge vivir en Estados Unidos, pero últimamente pasa el mismo tiempo aquí que allí –bromeó Salim–. Incluso tiene una casa en el desierto.

Dani se quedó paralizada. Estaba claro que no sabían que ella había visto esa casa y había comprobado la firmeza del colchón.

–Me gusta disfrutar de lo mejor de ambos mundos. He venido a relajarme y a llevar una vida más sencilla –Quasar frunció el ceño–. Estaba demasiado acelerado, no sabía esperar.

Miró a Dani, y la expresión de sus ojos la dejó sin aliento.

–Puede que me hubiera salido del sendero y ahora haya reencontrado el camino de vuelta. Puedo ser tan paciente y persistente como las mismísima montañas de Al Hajar si es necesario.

Dani parpadeó, tragó saliva y apartó la vista. ¿Estaba al tanto toda su familia de su relación? No podía creer que hablara de algo tan íntimo delante de ellos. Daba la impresión de que quisiera convencerla de que podía ser el hombre tranquilo y confiable que ella necesitaba.

–Salim se ha aficionado últimamente a la vela –comentó Celia cambiando de tema–. Dice que es muy inspirador trabajar con fuerzas tan poderosas como el viento y las corrientes marinas. Y que supone una cura de humildad.

–Sí –Salim alzó una ceja–. Creo que no habría estado preparado para hacerlo si Celia y Kira no me hubieran demostrado sin palabras que el mundo no gira a mi alrededor, que solo formo parte de una imagen mucho más grande.

Sara se rio.

–Creo que los hombres Al Mansur atraéis la energía como un remolino. Todos tenéis que aprender a utilizarla con sabiduría.

–Y tal vez sea más fácil conseguirlo con la ayuda de una buena mujer –murmuró Quasar.

Todo el mundo pareció sorprendido, tal vez por hablar con tanta franqueza delante de ella.

Dani no tenía claro siquiera que hubiera mencionado su existencia. Fingió estar ocupada partiendo un cruasán. ¿De verdad sentiría Quasar cosas tan profundas por ella? Resultaba un poco intimidante. No se había permitido imaginar que pudiera sentir por ella algo más que atracción y deseo. No se conocían lo suficiente.

Y su padre odiaba con toda su alma a la familia Al Mansur.

–Dani, ¿eres hija de Mohammed Hassan?

Ella abrió mucho los ojos al escuchar la pregunta de Salim.

–Sí.

–Nuestro padre pagó justamente aquella tierra –continuó Salim–. No hay contrato escrito porque…

–Porque mi abuelo no sabía leer ni escribir –había escuchado la triste historia del pescador analfabeto al que habían engañado para apoderarse de su legado. Y de cómo su hijo autodidacta, el padre de Dani, había dedicado su vida a recuperarlo.

–Exacto. Pero eso no invalida el acuerdo. Un apretón de manos era en aquellos tiempos tan válido como un contrato blindado. Y sigue siéndolo entre hombres de honor.

Dani dio un respingo. ¿Estaba insinuando que su padre no era un hombre de honor? No era la persona más cariñosa del mundo, pero había trabajado duro para proveer a su familia con lo mejor. En aquel momento se sintió culpable por no haber apreciado los sacrificios que debió haber hecho.

–Confieso que no sé mucho del asunto, solo que para mi padre es algo muy importante.

Miró a Quasar y se preguntó qué estaría pensando. Era de muy mala educación por parte de su hermano sacar el tema. ¿Confiaba acaso en que ella convenciera a su padre para que retirara la demanda?

–Casi nadie sabía leer ni escribir en Omán en 1970 –Quasar se encogió de hombros–. Aquí todavía se vivía como en le Edad Media. El sultán Qaboos inició una revolución lenta que ha creado una población instruida y modernas infraestructuras, pero que mantiene nuestras tradiciones. Estoy seguro de que consideraría un apretón de manos algo vinculante.

–¿Por qué no se lo preguntas la próxima vez que vayas a montar uno de sus espectaculares caballos? –Elan le dio un sorbo a su café–. Quasar se hizo amigo suyo hace unos años cuando le vendió una yegua. Salen a montar juntos.

–Dudo de que esté interesado en un pequeño

trozo vacío de costa. A él le gusta hablar de las nuevas tecnologías. Os juro que creía que iba a comprar esa compañía de software que vendí hace tres años.

Dani estaba sin habla. ¿Quasar montaba a caballo con el sultán Qaboos?

–Por supuesto que el contrato original es vinculante –murmuró Salim–. El dinero cambió de manos. Eso en sí mismo ya es un contrato. Y aunque ahora pueda parecer una suma pequeña, en su momento era muy razonable. Esta querella impide que pueda construir en la propiedad.

Dani frunció el ceño. ¿La querella de su padre impedía que los Al Mansur pudieran seguir adelante con sus planes? Sintió un escalofrío. ¿Sería posible que Quasar la hubiera llevado allí con el propósito oculto de presionarla para conseguir que su padre retirara la querella?

Tal vez supiera desde el principio quién era ella y se había acercado con ese objetivo. El cruasán se le quedó en la garganta y trató de no escudriñar el rostro de los presentes.

–¿No puedes pagarle al señor Hassan el suficiente dinero como para caerle en gracia? –sugirió Quasar alegremente, como si se le acabara de ocurrir aquella idea.

–No creas que no lo he pensado –suspiró Salim–. Pero he aprendido que en el mundo de los negocios, cuando ofreces una ramita de olivo puede interpretarse que tu reclamación primera sobre la propiedad no tenía validez. Normalmente es mejor esperar a que amaine la tormenta.

Celia miró a Dani y se encogió de hombros. Parecía avergonzada. Al menos alguien lo estaba. Dani no podía creer que estuvieran hablando de aquel tema como si ella no estuviera delante.

–¿Esperáis que pueda convencerle para que retire la querella? –preguntó finalmente.

–Por supuesto que no –Quasar parecía asombrado–. Siento que haya salido este tema. Salim, estás haciendo que mi invitada se sienta incómoda. La he traído para que os conozca y tú sacas una rencilla familiar que no tiene nada que ver con ella. Lo siento mucho.

Parecía tan contrito que a Dani casi se le olvidó la idea de que aquella visita formaba parte de un complot.

–No pasa nada. Como he dicho, esto no tiene nada que ver conmigo. Ojalá mi padre retirara la querella, pero no tengo ninguna influencia sobre él en ese sentido.

–Creo que es hora de ir a la playa –dijo Sara–. Yo llevaré las toallas y la crema de protección, si alguien más puede llevar los juguetes.

–Yo me encargo –intervino Elan.

–Yo me ocupo de llevar a los niños –se ofreció Salim.

Todos se dirigieron juntos a la playa. Una parte de Dani se sentía encantada de estar allí, pero otra tenía pavor.

Pasaron dos horas construyendo un magnífico camello arrodillado en la arena. Cuando estuvo hecho, los niños se subieron encima con cuidado.

No se volvió a mencionar el tema de su padre ni

de la querella por la tierra. La conversación se centró en la educación y en que las dos familias habían decidido viajar mientras los niños fueran todavía pequeños y llevar más adelante una vida estable, cuando los chicos fueran adolescentes.

Resultaba refrescante escuchar a gente decir que vivían parte del tiempo en Estados Unidos y parte en Omán sin ningún problema. Se preguntaba si podría vivir en los dos sitios. Cuando Quasar dijo que había llegado el momento de que volviera a casa, se sentía animada y emocionada ante el futuro.

Durante el camino de vuelta se vio forzada a admitir que la familia de Quasar era cálida y encantadora y que se había sentido a gusto. Casi había olvidado su miedo a que la hubieran llevado allí para utilizarla con su padre.

Hasta que Quasar sacó el tema.

–¿Cuánto dinero crees que aceptaría tu padre por retirar la querella sobre la propiedad?

–¿Hablas en serio? –sus peores miedos volvieron a surgir.

–¿Por qué no? Eso resolvería muchos problemas. Tal vez incluso empiece a caerle bien si puedo resolver este problema que lleva décadas agobiándole.

Dani le miró de reojo.

–No creo que quiera aceptar ningún dinero a estas alturas. Creo que quiere recuperar las tierras.

–¿Y qué haría con ellas?

–Venderlas, supongo. Dice que está en una ubicación tan buena que recibirá muchas ofertas.

–Salalah tiene mucha costa vacía.

Dani sintió crecer la sospecha en su interior.

–No, en medio de la ciudad.

–Te sorprendería. Tal vez no valga tanto como él piensa.

Dani sintió un nudo en la garganta.

–No tengo ni idea de lo que vale y no quiero meterme en esto –quería volver a su casa y apartarse de Quasar antes de que la encandilara.

–¿Qué te parecería un millón de dólares? Dinero americano.

Ahora Dani se estaba enfadando de verdad.

–No lo sé. La tierra no es mía. Tendrás que preguntarle a él.

–Dice que no negociará con ningún Al Mansur.

–Pues ahí tienes la respuesta –Dani consultó el reloj. Eran casi las tres y media y tenía que estar en casa a las cuatro. Su hermano pequeño solía volver a casa a esa hora. Por suerte, ya estaban en su vecindario.

Quasar suspiró.

–Ojalá pudiera convencer a mi hermano para que le devolviera la tierra. Ahora que has conocido a Salim te darás cuenta de que sería más fácil que Salalah se congelara a que eso ocurriera –entró en su calle y se dirigió a la entrada de atrás de su casa–. No puedo soportar dejarte. Quiero pasar más tiempo contigo. ¿Puedo entrar? Será solo un momento.

Sus palabras la escandalizaron.

–¿Estás de broma? Le prometí a mi padre que no volvería a verte. Ya me ha convertido en una mentirosa, ¿y ahora quieres cruzar el umbral de su casa?

–Mi moralidad es distinta a la de la mayoría de la gente.

–No creo que eso sea algo bueno –Dani recogió el bolso del suelo del coche–. Tengo que irme.

–Dame un beso.

Su mirada oscurecida y cargada de pasión la dejó sin aliento y acabó con su último jirón de sentido común. Los labios de Quasar se posaron de pronto en los suyos y los besaron con ternura. Su aroma masculino le inundó los sentidos. El efecto que provocó en ella fue asombroso.

–Me muero por hacerte el amor –Quasar señaló con la cabeza hacia la casa.

–De ninguna manera. Estás loco.

–Entonces dame otro beso –Quasar le cubrió la boca con la suya antes de que ella tuviera oportunidad de negarse–. Sabes que tú también quieres –murmuró.

–Sí, pero… –la idea de hacer el amor con Quasar en su propio dormitorio resultaba aterradora y emocionante a la vez. Todo su cuerpo ardió al sentir su presión–. Tendremos que ser muy rápidos.

Se libró de sus brazos con el corazón latiéndole a toda prisa y salió del coche. No podía creer lo que estaba a punto de hacer, pero al parecer eso no bastó para detenerla. Era una locura, pero al mismo tiempo sentía que estaba bien. Había pasado por la vida de puntillas, postergando sus necesidades y sus deseos. Seguir su instinto le resultaba liberador.

La puerta de atrás tenía un código de seguridad. Lo tecleó y guio a Quasar por el pasillo en penumbra hacia las habitaciones vacías de servicio.

–Por aquí –entraron en su dormitorio y cerró la puerta tras ellos.

En cuestión de segundos se estaban arrancando la ropa el uno al otro. Dani se abrazó a él y presionó el pecho contra el suyo, disfrutando de aquel contacto que le borró todas las dudas respecto a las intenciones de Quasar. La deseaba, nada más.

Quasar la besó en la cara, en el cuello y en las manos con entregada pasión. La besó en los muslos, las rodillas y los tobillos. Y luego la tumbó sobre la cama y le lamió el sexo hasta que Dani gimió de placer. Lo recibió en el interior de su cuerpo y se movió con él sobre la colcha, permitiendo que las sensaciones y la emoción se apoderaran de ella como un *tsunami* contra el que no podía luchar, solo dejarse llevar por él.

Alcanzaron el clímax en un torbellino de tensión insoportable, y Dani soltó un grito tan fuerte que Quasar le tapó la boca<<< con la mano, urgiéndola a guardar silencio para que no los descubrieran.

Dani respiraba con la misma agitación que si acabara de terminar una carrera.

–¿Qué me has hecho?

–Despertarte –Quasar la besó suavemente en la mejilla–. Eras como la Bella Durmiente, caminabas dormida por la vida. Ahora estás viviendo el momento.

—Estoy viviendo como una loca —el reloj de pared marcó las cuatro menos cuarto—. Mi hermano Khalid podría llegar en cualquier momento.

—Puedes decirle que soy el cartero.

Dani sonrió.

—Vamos, tienes que irte —le empujó juguetona y luego buscó su ropa. Le costó trabajo. Todo el cuerpo le temblaba de excitación.

—¿Y si no me voy? —Quasar, que estaba tumbado en la cama, entrelazó las manos detrás de la cabeza y fingió ponerse cómodo—. ¿Qué vas a hacer?

—Eso no tiene gracia. Odio a los hombres mandones, ¿recuerdas?

Quasar sonrió y se puso de pie.

—En realidad no soy un mandón. Solo… —pareció pensárselo durante un instante.

—Solo te gusta crear problemas —Dani recogió los pantalones de Quasar del suelo y se los lanzó—. Vístete y márchate de aquí.

Quasar se los puso mucho más despacio de lo que a ella le hubiera gustado. Trató de ayudarle a ponerse la camisa, pero él terminó agarrándola de la cintura y besándola hasta que Dani se preguntó si no necesitarían un segundo preservativo.

Entonces escuchó algo y se quedó paralizada. Unos pasos fuera.

Capítulo Ocho

–Debe de ser Khalid –el corazón le dio un vuelco en el pecho.

–¿Por qué no me lo presentas?

Dani le hizo un gesto a Quasar para que guardara silencio.

–Seguramente te vio aquí anoche. Y sin duda te oyó. No puedo fingir que eres un amigo, además sería completamente inadmisible que recibiera a un amigo a solas. Tenemos que sacarte de aquí sin que te vea.

–Saltaré por la ventana –la idea parecía divertirle.

–No puedes. Tiene una reja. Se cierra desde fuera y no sé dónde está la llave.

–Eso parece muy peligroso en caso de incendio.

Dani volvió a hacerle un gesto para que guardara silencio. Quasar se puso la camisa, se la abrochó rápido y examinó la ventana.

–¿Entrará? –señaló hacia el pasillo.

–No. Pero podría preguntarse por qué no he salido a saludarle. Tendré que fingir que me estaba echando una siesta y que no le oí llegar. Tal vez deberías esconderte detrás de la puerta. Saldré a distraerle con algo en la cocina y tú puedes salir corriendo por el pasillo hacia las habitaciones de servicio.

–Menos mal que no tenéis sirvientes –Quasar se metió la camisa por el pantalón–. Me escabulliré como un ladrón de diamantes.

Dani tenía el corazón en la boca cuando abrió la puerta con Quasar detrás.

–¿Khalid? ¿Eres tú? Me he quedado dormido –Dani recorrió a toda prisa el pasillo en dirección al salón.

Su hermano solía dejar allí la mochila y se tumbaba un rato en el sofá antes de empezar los deberes.

–¿Puedes ayudarme a abrir el bote de aceitunas? Llevo toda la tarde intentándolo. Tenía que atraerle hacia la cocina. Era la única estancia desde la que no se veía el pasillo central. Rezó para que Quasar tuviera la paciencia de esperar.

–Estoy descansando, Dani. Dame un minuto.

–Venga, vamos, te prepararé algo de aperitivo. Lo que tú quieras.

–En ese caso… –Khalid se levantó del sofá.

Dani contuvo el aliento cuando la miró. El pasillo se veía claramente a su espalda. Entonces se giró hacia la cocina y ella le siguió con la esperanza de que hubiera algún bote de aceitunas cerrado en alguna parte.

–¿Qué habré hecho con él? –Dani montó bastante revuelo en la despensa y trató de hacer el mayor ruido posible mientras aguzaba el oído para escuchar si Quasar se escapaba–. Ah, aquí está. No sé por qué está tan dura la tapa. La he puesto incluso bajo el agua caliente, pero no se abre —miró por detrás de Khalid mientras le tendía el bote.

Su hermano lo abrió sin ningún esfuerzo. En aquel momento se escuchó cómo se cerraba la puerta de atrás con un clic.

—¿Has oído eso? —Khalid se dio la vuelta—. Me ha parecido oír la puerta.

Dani se encogió de hombros.

—Yo no he oído nada. Gracias por abrirme el bote. ¿Qué quieres comer? Puedo prepararte *halwa* si quieres. La tía Nadia me ha dado una nueva receta.

—Te juro que acabo de oír el motor de un coche al arrancar. Voy a ir a ver.

Ella le agarró de la manga.

—Espera, hay una botella de aceite que tampoco puedo abrir. Ábrela antes de salir. Y dime, ¿quieres que prepare *halwa*?

—Sí, me apetece. Pero tarda mucho en hacerse y tengo mucha hambre, así que voy a comer algo más mientras tanto —sacó un paquete de galletas saladas.

Para cuando Dani encontró la botella de aceite y se mostró impresionada cuando la abrió, Khalid parecía haberse olvidado de la puerta y del coche, y le estaba diciendo que se asegurara de que el *halwa* estuviera muy dulce.

En cuanto su hermano volvió al salón, Dani cerró la puerta de atrás y corrió a su dormitorio para hacer la cama. El envoltorio del preservativo estaba en el suelo señalándola como dedo acusador. Lo arrugó a toda prisa y lo metió dentro de una bota que no solía ponerse.

Se dejó caer sobre la cama mientras una oleada de culpabilidad se apoderaba de ella. ¿Estaba completamente loca? Había dejado que Quasar le hiciera el amor en su dormitorio solo unas horas después de haberle prometido a su padre que no volvería a verle.

Ejercía un gran poder sobre ella. Lo peor era que estuviera tan dispuesta a hacer todas las cosas inapropiadas que él le sugería. El cuerpo todavía le temblaba por las sensaciones que Quasar le había creado. Al mirarse de reojo en el espejo vio que tenía los labios rosados de sus besos y el pelo revuelto. Por suerte su hermano no era demasiado observador, y ella había mencionado que acababa de levantarse de la siesta. Pero se había arriesgado mucho.

Quasar estaba haciendo que se volviera descuidada. Inconsciente. Y eso estaba muy bien mientras Quasar estuviera allí y se divirtieran, pero era ella la que tendría que vivir consigo misma y con lo que quedara de su reputación cuando Quasar se marchara.

El teléfono emitió un sonido. Y lo sacó del bolso. «Lo he conseguido». Sonrió. Era la primera vez que Quasar le enviaba un mensaje de texto. Resistió el deseo de contestar y lo borró para no dejar pruebas incriminatorias.

Otro sonido. «Te echo de menos». A Dani se le encogió el corazón. ¿Sería cierto? Seguramente sí, en caso contrario no le mandaría aquel mensaje. No pudo evitar responder: «Yo también».

Luego quitó el volumen del móvil para que a su hermano no le entrara curiosidad.

«Ven mañana al hotel. ¿Diez y media?». Dani aspiró con fuerza el aire y lo soltó lentamente. «No puedo. Voy a ir a buscar trabajo».

Tener independencia sería el primer paso para asegurarse un futuro. Si tenía dinero podría alquilar su propio apartamento y ver a quien quisiera. Incluso a Quasar, si él todavía quería.

«Entonces después. ¿Qué te parece a las dos?».

¿Podía? Desde luego, le apetecía. La idea de estar todo el día sin ver su traviesa sonrisa le resultaba espantosa. Pero tenía que ser sensata.

«No voy a tener tiempo».

–¿Con quién te estás mensajeando?

La voz de su hermano hizo que Dani alzara la vista dando un respingo. No se había dado cuenta de que estaba en el umbral.

–Con una amiga de Estados Unidos –Dani sintió que le vibraba el teléfono.

Su hermano miró el móvil.

–Creo que te están enviando otro mensaje –dijo sonriendo y yéndose a hacer los deberes.

Dani parpadeó y sintió otra vibración.

«Estoy en la puerta de tu casa».

Se le heló la sangre en las venas. No podía ser cierto. ¿Tan poco respeto tenía por sus deseos y su reputación? El corazón le dio un vuelco.

«Es una broma. Me sigues echando de menos».

Dani entornó los ojos y apretó los labios.

«Sí. Pero ni se te ocurra venir aquí».

Borró la conversación, se guardó el teléfono en el bolsillo y empezó a preparar la *halwa*.

A la mañana siguiente, Dani se puso un conjunto azul de corte clásico y se dirigió al campus universitario. Había impreso su currículum y tenía intención de dejarlo en la las oficinas administrativas y preguntar si había alguna vacante. La entrevista con el coordinador de Recursos Humanos fue humillante. Aunque tenía un doctorado y había publicado varios artículos, no conocía el nuevo software de archivo de datos ni tenía experiencia en trabajo de oficina.

Alzó la barbilla y de dirigió al Departamento de Historia pensando que tal vez podría meter la cabeza allí empezando de voluntaria. El edificio era más antiguo y parecía descuidado comparado con el resto de la moderna universidad. Al parecer dedicaban más presupuesto al futuro que al estudio del pasado, y no podía culparles por ello.

Un hombre mayor vestido con chilaba estaba clavando algo en el abarrotado tablón de anuncios cuando Dani entró.

–Disculpe, ¿este departamento cuenta con colección de arte?

El hombre alzó lentamente la vista.

–¿Colección de arte? –gruñó–. No creo. Antes había una colección de espadas, pero creo que se vendió para arreglar el tejado.

La miró de arriba abajo con gesto de desdén.

–Este departamento se centra exclusivamente en la historia militar. A menos que esté buscando una colección de mapas de batalla antiguos, está en el sitio equivocado.

–Ah, gracias –desanimada por su mirada hostil, Dani se dio la vuelta y se marchó. Por lo que había averiguado, el resto de las universidades cercanas eran de ciencias y tecnología.

Se detuvo en una boutique que vendía vestidos tradicionales y preguntó si tendrían trabajo. La dueña, una mujer elegante de mediana edad, fue amable pero le dijo que no necesitaban ayuda en aquel momento.

Mientras caminaba por un zoco desconocido en un barrio a más de veinte minutos del suyo, se dio cuenta de que aquel era un buen lugar para encontrarse con Quasar. Le llamó y él respondió la llamada al instante y se mostró encantado de verla enseguida.

Dani se sintió mejor y deambuló entre los puestos. Se compró una bolsa de almendras para que no pareciera que estaba allí esperando únicamente a su amante.

–Hola, preciosa –la voz susurrada de Quasar al oído hizo que se girara, y seguramente su sonrisa delataría su relación a cualquiera que estuviera mirando.

–Hola –sintió un escalofrío ante su presencia. Había algo en él que la encendía incluso allí, a plena luz del día en un mercado. Se dio cuenta de que un vendedor de limas los estaba observando con curiosidad–. Deberíamos ir a otro sitio.

–Desde ayer no he podido pensar en nada más que en volver a verte –los ojos de Quasar brillaron de deseo.

–Yo tampoco –le costaba trabajo pensar con él cerca. Los colores parecían más brillantes.

Dani sabía que estaba hablando demasiado, que le estaba haciendo saber el poder que ejercía sobre ella. Aunque Quasar ya lo sabía, ¿cómo podía ser de otra manera? Se derretía como la mantequilla cuando lo tenía cerca.

–Caminemos –Quasar señaló el camino que llevaba hacia el sur, hacia el mar.

Doblaron la esquina y dejaron atrás los puestos del mercado. Ahora estaban solos en una polvorienta calle de casas modestas. Quasar la estrechó entre sus brazos con una fuerza que casi la dejó sin aliento y luego la besó con intensidad.

Cuando finalmente separaron los labios, Dani se quedó asombrada de lo temerario que había sido al besarla en público.

–No deberíamos hacer esto. Alguien podría vernos.

–Que nos vean –los azules ojos de Quasar brillaron desafiantes–.No me importa que sepan lo loco que estoy por ti.

–No eres tú quien tiene ya la reputación hecha añicos.

Quasar se rio.

–En eso te equivocas. Deberías ver lo que dice la prensa de mí.

Dani se había olvidado de aquello.

–Lo he visto. Te busqué en Internet cuando

supe tu apellido, ¿te acuerdas? Si tuviera algo de sentido común, me mantendría alejada de ti.

–No creas todo lo que lees –Quasar tuvo la decencia de parecer preocupado–. Se inventan la mayoría de las cosas para vender revistas.

–Donde hay humo suele haber fuego –Dani alzó una ceja–. Las historias más recientes hablaban de ti y de Laura Larson. Al parecer estabais planeando la boda y de pronto ella empezó a decirle a todo el mundo que prefería estar soltera. ¿La dejaste?

Quasar esbozó una lenta sonrisa.

–Me dejó ella a mí.

–¿Y te rompió el corazón?

Quasar se la quedó mirando un instante y luego sacudió lentamente la cabeza.

–No. Me gustaba su compañía, pero no sentía con ella la misma intensidad que contigo.

–Es muy guapa.

–Tú lo eres mucho más. Ella no es fea, pero siempre está actuando, y con el tiempo me di cuenta de que no es tan interesante como la mayoría de la gente cree.

Dani miró a la calle. Pasaba un coche blanco.

–No deberíamos estar aquí quietos. Caminemos como si estuviéramos yendo a algún sitio.

Quasar le pasó el brazo por el suyo y echaron a andar. Dani quiso zafarse, pero él la sostuvo con fuerza. Recorrieron unos pasos antes de que Quasar se detuviera y la diera la vuelta.

–Ven a Estados Unidos conmigo.

–¿Qué? –Dani dejó que las palabras le resonaran en el cerebro. Quasar la tenía agarrada de la cintura con gesto posesivo, sosteniéndola de modo que no pudiera moverse.

–Lo digo en serio. Estoy pensando mudarme a la Costa Este. A Boston, por ejemplo. Allí está Harvard. Harvard debe tener un programa de arte, algún museo en el que puedas encontrar trabajo.

–Ya, seguro que es muy fácil conseguir un puesto de trabajo en Harvard –se rio ella.

–¿Crees que estoy de broma? Si trabajaste en Princeton podrás trabajar en Harvard.

–Tuve mucha suerte al conseguir ese puesto en Princeton. Fui una idiota al dejarlo.

–¿Has estado alguna vez en Boston?

–Sí, he asistido a un par de conferencias allí. Incluso en una de ellas fui ponente. Hablé de las técnicas metalúrgicas en Mesopotamia.

–¿Te gustó la ciudad?

–Sí, claro.

Quasar estaba hablando en serio. Al menos eso indicaba su mirada.

–No es tan grande ni tan bulliciosa como Nueva York o Los Ángeles, pero eso me gusta. Y hay unos barrios encantadores en la parte antigua.

Dani parpadeó, seguía sin estar segura de que aquello estuviera ocurriendo de verdad.

–Entonces, según tu visión, ¿viviríamos juntos en Boston?

–Sí –Quasar la abrazó–. Nos veo en una bonita casa de ladrillo con jardín.

Ninguna mención al matrimonio, por supuesto. ¿Habría dado por sentado que sería feliz viviendo con él sin ningún compromiso a la vista? Por otro lado, Dani no estaba dispuesta a volver a pasar por la vicaría. Sería más seguro mantener la puerta de salida abierta sin firmar ninguna obligación de por vida.

–¿Y cuando te canses de mí? –trató de ponerle una nota de humor, pero no le salió, porque realmente quería conocer la respuesta.

–¿Cansarme de ti? Imposible –volvió a abrazarla, y a Dani le dio un vuelco el corazón.

–¿Cómo puedes decir eso, si apenas me conoces? –resultaba increíble que solo se hubieran conocido hacía unos días. Las cosas habían sucedido muy deprisa entre ellos.

–Instinto. He aprendido a fiarme de mi instinto. No me suele fallar.

Dani suspiró. Aquello era muy difícil de asimilar.

–Por muy absurda que suene la idea, me gusta –en su mente sonó una alarma. ¿De verdad iba a depositar su confianza en un hombre y se iba a aventurar en territorio desconocido con él, lejos de sus amigos y su familia?

Tal vez sí. Tendría que considerar cuidadosamente todos los pros y los contras.

Quasar estaba ya sonriendo.

–Una mujer sensata. Salalah es muy bonito, pero no es lugar para una mujer con una gran carrera como historiadora del arte por delante. Y volveremos con frecuencia de visita.

«Volveremos con frecuencia». Fue el uso del plural lo que le llamó la atención. Estaba pensando en ellos como una pareja.

Dani aspiró con fuerza el aire para calmarse. Todo era demasiado perfecto. Demasiado bueno para ser verdad. Sin duda se le estaba escapando algo.

–¿Y si tardo mucho en encontrar trabajo? Me quedan pocos ahorros. Seguramente me quedaré sin nada al pagar el vuelo, y luego… –no le apetecía la idea de volver a depender económicamente de un hombre. Aquel era el modo en que su exmarido había ejercido un mayor control sobre ella, cortándole la fuente de ingresos y evitando que buscara otra.

Quasar pareció quedarse pensativo un instante.

–Te ofreceré una beca de cincuenta mil dólares para que investigues el comercio de incienso en Salalah. ¿Qué te parece?

–Que estás intentando comprar mi consentimiento.

–Tonterías. Lo que me impulsa es pura curiosidad académica.

Dani fingió que se lo estaba pensando.

–Ya hay una tesis excelente en ese campo.

–Pero imagino que los avances en tecnología permiten que los análisis revelen más asentamientos perdidos, como Saliyah.

Dani frunció el ceño.

–Tal vez tengas razón.

–Piénsalo –Quasar le depositó un beso suave en los labios y luego le retiró el brazo de la cintura y continuó calle abajo.

Dani corrió tras él para ponerse a su altura. La cabeza le daba tantas vueltas que le resultaba difícil caminar al mismo tiempo. Su padre protestaría sin duda, pero si pudiera convencerle de que tenía el dinero de una beca y que Quasar no iba a mantenerla, suavizaría al menos parte de sus objeciones. Y si decidía irse de verdad, su padre no podría hacer nada para impedírselo.

El alocado plan de Quasar era completamente factible. Podría transformar su vida al instante.

O convertirse en el mayor error que había cometido jamás.

—Me lo pensaré.

—Bien. Y si tus pensamientos no te llevan hacia la dirección correcta, entonces llámame y yo los encauzaré.

Su confianza en sí mismo resultaba inspiradora y al mismo tiempo frustrante. Cuanto más tiempo pasaba con Quasar, más optimista se sentía. El hecho de haber salido aquel día a buscar trabajo era un gran paso comparado con quedarse encerrada en su dormitorio dando vueltas y sintiéndose una perdedora. En el pasado tuvo grandes sueños y un trabajo prestigioso. Tal vez no fuera demasiado tarde para volver a intentarlo. Todo era posible.

—Creo que ahora debería irme a casa.

—¿Ya? Acabamos de encontrarnos. Necesito mirarme en tus preciosos ojos al menos media hora más antes de irme para poder vivir de los recuerdos el resto del día y de la noche.

Dani se rio entre dientes.

—No puedo pensar con claridad. Lo que me sugieres se ha apoderado de mi cerebro. Tengo que hacer una lista con los pros y los contras.

—¿Contras? No hay ninguno.

–Es difícil que se me ocurran cuando te tengo delante. Por eso necesito irme a casa.

Quasar sonrió y luego se encogió de hombros.

–De acuerdo, te llevaré a casa. Tal vez podamos hacer otra vez el amor en tu dormitorio…

–¡De ninguna manera! No puedo creer que mi hermano estuviera a punto de pillarnos. Nunca más. Hablo en serio.

Quasar puso un puchero.

–Eres muy cruel. Pero de acuerdo, seré bueno y te llevaré si me prometes venir conmigo esta noche a un evento del hotel. Kira cumple cinco años y van a celebrar una fiesta. Prácticamente todo Salalah está invitado.

–Eso ya es razón suficiente para que no vaya. No quiero ser objeto de ningún cotilleo.

–Le diremos a la gente que somos viejos amigos –Quasar sonrió–. Pensarán que nos conocimos en Estados Unidos.

–¿Y qué le diré a mi padre? –Dani frunció el ceño y sacudió la cabeza–. Dios, me siento como una adolescente. No puedo creer que tenga que pensar en esto. Le diré que voy a ver a una amiga.

–Invítale a venir también –sugirió Quasar.

–Seguro que le encantará la idea. Meterse en la guarida de los Al Mansur.

–Nunca se sabe. La gente se muere por recibir una invitación para alguna de las exclusivas fiestas de Salim. Puede que te sorprenda.

–Lo dudo. Es demasiado predecible. Pero intentaré ir. ¿A qué hora es?

–A las cinco. Se celebra pronto por los niños.

–De acuerdo. Iré un rato y luego volveré a casa a cenar.

–Podría ir a recogerte.

–¡No! Solo es un paseo de veinte minutos. Te veré allí.

Caminaron hacia donde estaba aparcado el coche de Quasar, un par de manzanas más allá, y él la llevó a casa. Una vez más la dejó en la puerta de atrás.

Dani le besó durante un largo minuto antes de salir del coche. Le costaba trabajo dejarle. Despertarse y descubrir que todo aquello era fruto de su imaginación. Un sueño surgido durante la siesta.

No podía creer que le hubiera pedido que fuera a Estados Unidos con él.

Eso significaba que aquello no era una aventura, sino el comienzo de algo real. Una vez dentro de su casa, agitó la mano y le vio marcharse.

Suspiró, se acercó a la parte delantera de la casa y dejó las llaves en la mesita del vestíbulo, como si hubiera entrado por la puerta principal.

Y entonces fue cuando vio a su padre y a sus hermanos en la cocina, justo al lado de la ventana que daba a la calle.

Capítulo Nueve

–¿Qué significa esto, Daniyah? –su padre estaba blanco.

–¿El qué?

–No me trates como a un idiota. Has salido con ese hombre.

–Solo he ido al mercado. He comprado unas almendras –sacó la bolsa, de la que casi se había olvidado–. No hemos hecho nada más –por una vez, era verdad.

A su padre se le salieron los ojos de las órbitas.

–¿No? ¿Qué más has hecho con él en otras ocasiones? Me dijiste que no volverías a verle. Me mentiste, y ahora me pregunto qué más mentiras me has dicho. Si tu madre viviera… –sacudió la cabeza, exhaló el aire como si soltara fuego–. Tal vez debería prohibirte salir de casa. No puedo creer que te hayas paseado por Salalah a plena luz del día con uno de esos malditos Al Mansur.

La mención de su madre la mortificó. Quién sabía dónde estarían todos si su madre no hubiera muerto. Tal vez nunca hubiera ido a Estados Unidos ni habría conocido a Gordon. Seguramente su madre y sus tías le habrían buscado un buen hombre omaní que no tuviera los ojos azules.

–Estoy pensando en mudarme a Estados Unidos con él.

Dijo aquellas palabras sin pensar.

Su padre se la quedó mirando sin decir nada. Luego frunció el ceño.

–¿Te has vuelto loca?

–Tú mismo dijiste que aquí no podría encontrar trabajo. Mi formación puede parecer inútil en Salalah, pero tengo un prestigio académico y fui conservadora de museo en Princeton. En Estados Unidos mi formación tiene más campo de trabajo, especialmente en una ciudad universitaria como Boston.

–¿Boston? ¿Ya has hablado de esto con él? –su padre no daba crédito.

–Sí. Hoy mismo, de hecho. Le dije que lo pensaría –Dani sonaba sorprendentemente calmada. Aunque no se sentía así. Ni siquiera había pensado aquel plan con claridad, y ya estaba anunciando que casi era un hecho.

Su hermano pequeño la miraba con la boca abierta. El otro la observaba con los ojos ligeramente entornados.

–¿Te ha pedido en matrimonio?

–No –Dani no podía añadir nada más para que aquello sonara mejor. Según las costumbres de Omán, seguramente tendría que haberse declarado antes incluso de besarla, y desde luego antes de irse a vivir juntos. Podría decir que solo eran amigos, pero eso sería mentir y no quería empeorar las cosas mintiendo.

–¿Cómo te vas a mantener allí?

–Tengo suficientes ahorros para llegar hasta allí. Luego buscaré un trabajo. Tal vez no sea el ideal en un principio, pero encontraré algo.

–¿Mientras vives con ese hombre?

–No soy virgen, papá. He estado casada.

–Para tu descrédito –su padre frunció todavía más el ceño–. ¿Y ahora tienes una opinión tan baja de ti misma que estás dispuesta a vivir en pecado?

–En Estados Unidos no es así. Es normal que la gente adulta viva un tiempo junta antes de casarse. Si yo hubiera hecho eso antes de casarme con Gordon, seguramente me habría ahorrado muchos disgustos.

–No te conozco. No sé quién eres –su padre se levantó. Jadeaba un poco–. No eres la hija que yo crié.

Sus palabras la hirieron y Dani sintió cómo se le llenaban los ojos de lágrimas.

–Solo trato de hacer lo mejor para mí. Ni siquiera sé si debería mudarme a Boston. Pero me lo estoy pensando.

–Deberías irte a Boston –afirmó su padre con voz firme–. Aquí no hay sitio para ti. Eres una mala influencia para tus hermanos.

Dani les miró. Estaban callados y horrorizados, y ni siquiera la miraban. ¿De verdad era una mal influencia? Le empezaron a temblar las manos. No estaba preparada para aquello. Su intención había sido sopesar sus opciones, planearlo y prepararse para el inevitable chaparrón.

En aquel momento sentía como si la vida le hubiera explotado en la cara. Necesitaba salir de allí.

Se giró hacia la puerta y salió antes de que la conversación se volviera más dura. No tenía sentido hablar con su padre cuando estaba tan enfadado, porque no podía pensar con claridad.

Sin saber muy bien qué hacer, se dirigió a la librería en la que había conocido a Quasar. Pasar las suaves páginas de un viejo libro de historia le calmó los nervios. Ya era por la tarde, y dado que su padre ya estaba furioso con ella no había razón para que no fuera a la fiesta.

Dani caminó por las silenciosas calles con una creciente sensación de seguridad. Su tiempo de recuperación había tocado a su fin y estaba lista para volver al torbellino de la vida.

Tardó casi media hora en llegar al hotel, y una vez allí fue recibida como si la hubieran reconocido. Tal vez el personal actuara así con todos los huéspedes. Enseguida se encontró en un enorme patio central en el que se escuchaba música y en el que había al menos trescientas personas, entre ellos malabaristas, faquires e incluso un encantador de serpientes. Los niños correteaban emocionados con sus mejores galas y sus padres reían y charlaban.

La atmósfera festiva sirvió para ratificar el humor de Dani, que buscó ansiosamente a Quasar con la mirada. Estaría encantado de saber que había decidido irse a Boston con él. Tal vez incluso podrían hablar de reservar los billetes.

Miró cerca de la fuente y buscó su rostro entre la multitud. Finalmente vio a Sara hablando con Elan, que tenía a Hannah dormida en brazos.

Dani les saludó aliviada.

–Estoy buscando a Quasar. No le veo por ninguna parte.

Sara miró a Elan, que se aclaró la garganta.

–Mmm, no sé muy bien dónde está –miró a su alrededor–. ¿Quieres que vaya a buscarle?

–No, ya le encontraré yo. Y en último caso siempre puedo llamarle por teléfono –le dio un golpecito al móvil, que llevaba en el bolsillo.

Elan volvió a mirar a Sara antes de marcharse. Dani tuvo una extraña sensación, parecía como si se estuvieran comunicando entre ellos de un modo secreto. Le pareció de pronto que el sonido de la música había subido y se sintió algo desorientada en medio de tanta gente.

Aspiró con fuerza el aire y se dirigió al otro extremo del patio, donde se habían dispuesto unas mesas con bebidas. Aceptó un vaso de limonada de un camarero y estaba a punto de volver a mezclarse entre la gente cuando vio a Quasar bajo una columnata situada a un lado del patio. Parecía estar hablando con alguien oculto tras una columna de piedra.

Dani sonrió y se dirigió hacia él. Pero se le congeló el entusiasmo al observar la expresión seria de su rostro. Tenía la mirada clavada en la persona que tenía delante. Dani aminoró sus pasos cuando se dio cuenta de que estaba hablando con una mujer que le estaba agarrando las manos. Se fijó en las pulseras de oro que le colgaban de las muñecas y en los anillos de los finos dedos.

Se le formó un nudo en el estómago. Se detuvo

y le dio un sorbo al vaso de limonada. Tal vez no debería interrumpir. Podía esperar a que terminara la conversación. Trató de apartar la atención de él y centrarse en la fiesta, pero no pudo evitar mirar de reojo hacia la columnata. Quasar estaba completamente centrado en aquella mujer, que seguía agarrándose a él como si fuera un salvavidas.

Se acercó un poco más a ellos y agudizó el oído.

–Cariño, me matas con ese misterioso encanto árabe tuyo.

–No soy árabe, soy omaní –respondió él con una sonrisa.

–Ya lo sé, tonto. Estoy en Omán, ¿no es así? Ha sido un vuelo larguísimo. Ya sabes que el aire acondicionado de los aviones me reseca la piel, pero lo he hecho por ti.

Dani les miró justo a tiempo de ver cómo una de las manos cargada de anillos le subía a Quasar por el antebrazo. Se quedó paralizada. Ahora podía ver el conocido perfil coronado por un carísimo peinado en la rubia melena. Era Laura Larson, diosa de la pantalla y una de las muchas mujeres glamurosas que Dani había visto colgadas del brazo de Quasar en Internet.

Se preguntó si no debería darse la vuelta y desaparecer entre la gente. Pero, ¿no era aquel el hombre con el que había decidido irse a vivir al otro lado del mundo? La curiosidad y una creciente sensación de alarma la impulsaron hacia delante, aunque el instinto le decía que huyera.

Aunque estaba a menos de cinco metros, Quasar no la había visto todavía. Su famosa acompañante le tenía muy ocupado contándole su aparición dos noches atrás en una ceremonia de entrega de premios en la que había bebido demasiado.

—Hola, Quasar —dijo Dani en voz baja durante una breve pausa en la conversación.

No quería acercarse más sin anunciar su llegada. Se sentía una intrusa.

Quasar alzó la vista y sonrió. Dani se sintió aliviada.

—Dani, te presento a Laura. Laura, Dani.

Laura le tendió la mano y ella se las arregló para estrechársela con firmeza y sonreír.

—Encantada de conocerte —dijo, aunque no lo estaba. Había ido a la fiesta para decirle a Quasar que había decidido mudarse a Boston con él. Y la presencia de Laura lo había impedido—. ¿Qué te trae por Omán? —preguntó sin poder evitarlo.

—Quasar, por supuesto. ¿Acaso hay otra razón para visitar un país tan pequeño y lejano? —Laura agitó su preciosa melena dorada y miró a Quasar con adoración.

—Me halagas, pero Dani sabe que los encantos de Omán son muy superiores a los míos.

Laura miró a Dani y luego otra vez a Quasar. Dani se avergonzó un poco de su atuendo omaní. La otra mujer llevaba un ajustado vestido de seda muy escotado que le marcaba los senos, sandalias de tacón y un collar de oro.

—¿Aquí la gente no bebe alcohol? —Laura miró a su alrededor.

–La verdad es que no –Quasar le guiñó el ojo a Dani–. Este es un país musulmán. Pero a los clientes del hotel sí se les sirve. ¿Quieres una copa?

–Sin duda, cariño. Me vendría muy bien para el *jet lag*. Un whisky sería un sueño hecho realidad.

–Dani, ¿tú quieres algo?

–No, gracias.

–Enseguida vuelvo.

Quasar se dirigió al bar y dejó a Dani con Laura.

–¿Trabajas en el hotel? –le preguntó Laura mirando hacia la gente.

–No. Soy amiga de Quasar –alzó la barbilla al decirlo. Era el momento perfecto para decir que se iba a ir a vivir con él, pero la prudencia la hizo contenerse. Sabía que aquella mujer era una de sus examantes, y había ido hasta Omán para verlo.

Tal vez su relación no había terminado aún.

–¿Eres una de esas chicas a las que rompió el corazón cuando era adolescente?

–No, nos hemos conocido hace poco –Dani se dio cuenta de que había despertado la curiosidad de Laura y decidió hacerse la misteriosa–. ¿Tú de qué le conoces?

–Oh, desde hace bastante –Laura le dio un sorbo a su cóctel sin alcohol–. Es como el hermano que nunca tuve. Pero con el que me acuesto –Laura soltó una carcajada–. Es irresistible.

Dani tragó saliva. Confiaba en que Laura no intentara acostarse con Quasar aquella noche. Pero si así era, ¿qué podía hacer Dani si Quasar estaba dispuesto?

¿Dónde estaba Quasar? Se giró y le vio acercarse con tres copas.

–Whisky para todos –le dio a Laura el suyo y otro a Dani.

Ella lo miró con recelo. No solía beber. No solo por razones religiosas, sino porque se emborrachaba enseguida.

Quasar le dio un sorbo a su copa y Laura unos cuantos a la suya.

–Quasar, cariño, deberías venir a Australia, estoy rodando allí –lo agarró del hombro–. Está cerca de Melbourne, que es una ciudad fantástica. Playas, vida nocturna y gente divertida.

–Igual que Salalah –Quasar le guiñó otra vez el ojo a Dani.

El gesto la relajó.

–¿Has estado alguna vez en Australia, cariño? –Laura le apretó el hombro.

–Nunca.

–Entonces ven, te prometo que te va a encantar.

Ahí era donde Quasar tendría que haber dicho que no podía porque se iba a mudar a Boston con Dani. Pero no lo hizo.

–Tal vez vaya. Hay una empresa de biotécnica en Sídney que me interesa. Quizá vaya a echarle un ojo.

–Maravilloso –Laura le puso la mano en la mejilla. Dani trató de no atragantarse con el whisky–. Cuando acabe el rodaje podemos alquilar un todoterreno y cruzar el desierto. Siempre he querido hacer eso.

¿Cómo podía permitir Quasar que aquella mujer le mimara así delante de ella después de todo lo que habían compartido los últimos días? Estaba actuando como si Laura fuera su novia y ella, Dani, una vieja amiga.

–Laura me ha sorprendido hoy apareciendo sin avisar con cuarenta maletas –le dijo Quasar.

–Ah –Dani asintió. Aquello no resultaba tranquilizador. Sin duda Quasar no la habría invitado aquella noche a ir a la fiesta si hubiera sabido que Laura venía.

La situación era muy incómoda. Dani decidió marcharse de allí en cuanto tuviera la mínima oportunidad.

–¡Cuarenta maletas! Solo son siete. Y no sabía cómo sería el clima aquí. En el desierto puede hacer mucho frío de noche. Podría haberme traído un abrigo de piel de zorro –volvió a reírse.

A Dani le sudaba la copa en la mano y se sintió tentada a beber solo por hacer algo, pero le preocupaba que no le gustara el sabor y lo escupiera. Por suerte, Salim anunció en aquel momento por el micrófono que había llegado el momento de cantar el *Cumpleaños feliz*, y la gente se acercó a la enorme tarta helada con unicornios de colores que estaba en el centro del patio.

Dani se apartó de donde estaba y no miró atrás para comprobar si Quasar se había dado cuenta. Aquella era posiblemente la experiencia más vergonzosa de su vida. Por suerte ella era la única que lo sabía. Ni Laura ni el propio Quasar sabían que había ido allí para contarle a Quasar su plan de volver a Estados Unidos con él. Para vivir con él y aceptar su generosa oferta de apoyarla económicamente, lo que básicamente la habría convertido en una mantenida.

Mantenida por un hombre para el que solo sería una más.

Gracias a Dios, había visto la auténtica cara de Quasar y había recuperado la razón. Dejó la copa sobre una mesa mientras cruzaba el patio en el que todo el mundo estaba cantando. A Dani le dio pena no poder al menos celebrar el cumpleaños de la sobrina de Quasar, pero estaba a punto de echarse a llorar y necesitaba salir de allí.

Todo había terminado. Su maravilloso romance con Quasar. Su valiente plan para empezar de nuevo en Boston. Todo. Estaba otra vez donde había empezado, con la diferencia de que su padre ahora pensaba que era perdida y una estúpida.

Consiguió mantener la compostura mientras pasaba por delante del ejército de botones y porteros del hotel que había en el vestíbulo. Salió por la puerta a la calle principal y siguió caminando todo lo rápido que pudo.

Debería alegrarse. El cerebro le funcionaba a toda velocidad mientras avanzaba por la polvorienta acera. Se había librado de la humillación de verse envuelta en otra relación desastrosa con un hombre completamente inconveniente. Tenía que aceptar el gusto tan malo que tenía para los hombres. Necesitaba encontrar un trabajo en el que pudiera mantenerse a sí misma y buscarse un gato como compañero.

Confiaba en que el paseo hasta casa le aclararía

las ideas, pero las primeras lágrimas empezaron a caer cuando dobló la esquina para entrar en su barrio. Se las secó rápidamente con el pañuelo. ¿La dejaría entrar su padre en casa o le ordenaría que se marchara, como había hecho con Quasar cuando apareció por allí?

Se mordió el labio y trató de contener las lágrimas. Aquel trayecto se le había pasado muy deprisa cuando iba hacia la fiesta emocionada por el futuro. Ahora rezó para no tropezarse con ningún vecino que hubiera salido a dar un paseo. No quería ver a nadie en aquel momento.

¿Por qué no la había besado Quasar? Si lo hubiera hecho, seguramente se habría sorprendido y estaría preocupada por su reputación. Pero ahora se sentía un desecho. Los guiños que le había lanzado sugerían que todavía formaban equipo en cierto modo, aunque no a ojos de la gente.

¿De verdad había pensado que Quasar se la llevaría a Estados Unidos en calidad de novia? La idea resultaba ridícula. Dani se había dejado llevar por una marea de deseo y emoción que la hizo pensar que todo era posible.

Tal y como le había pasado con su matrimonio. Si se lo hubiera pensado mejor, como le sugirieron sus amigos, se habría dado cuenta desde el principio de que Gordon era una persona insegura y controladora. Las alarmas sonaron prácticamente desde la primera cita. Sus obsesivas preguntas sobre dónde había estado y con quién. Su empeño en que vistiera con ropa recatada y no se maquillara. Su afán por pasar cada minuto del día con ella. Dani se lo había tomado como señales de que estaba loco por ella, que tenía valores tradicionales y que iba a ser un marido entregado y maravilloso.

En una cosa sí había acertado: estaba loco.

Giró hacia su calle y se estremeció al ver a tres vecinos hablando. Seguramente la criticarían por andar por ahí sola sin un acompañante masculino. De todas formas, ella alzó la cabeza y sonrió y ellos la saludaron. Más le valía ser educada con todo el mundo, porque quedarse allí era actualmente el mejor escenario.

Tendría que pedirle disculpas a su padre. Decirle que tenía razón.

Las lágrimas se le agolparon otra vez en los ojos. Se le encogió el corazón al pensar que su maravilloso romance con Quasar no había sido nada más que una breve aventura.

–¿Tan pronto en casa? –su padre abrió la puerta antes de que Dani tuviera oportunidad de meter la llave. Debió haberla visto bajar la calle–. ¿Tu amante no ha tenido siquiera la decencia de traerte?

–No es mi amante –su voz tenía un tono de resignación.

–¿No? Creía que ibas a irte a vivir con él en pecado a Estados Unidos.

–Ya no –la confesión terminó con sus últimas reservas de energía.

–¿Ya te ha dejado? –el brillo de triunfo de la mirada de su padre hizo que se le encogiera todavía más el corazón.

Era una pregunta fría y malvada y Dani decidió

no contestarla. Tampoco fue capaz de disculparse. Se limitó a acercarse a él, que estaba bloqueando el camino a su dormitorio, y rezó en silencio para que la dejara en paz.

—¿Puedo ir a mi cuarto? —preguntó con tono suave.

—No avergüences a la familia.

Dani esperaba una contestación fría, pero la tristeza de los ojos de su padre la dolió todavía más. Entonces él se apartó y la dejó pasar.

Estaba tratando de hacer lo correcto desde su perspectiva. Debía recordarlo. Tenía miedo de que Dani arruinara su reputación y fuera una carga para él el resto de su vida. Tal vez tuviera motivos para preocuparse. Todos sus emocionantes planes de futuro se habían venido abajo en la última hora.

Quasar no la había dejado oficialmente. Al menos no todavía. Seguramente ahora mismo estaría demasiado ocupado con Laura Larson.

Una vez en su habitación, Dani cerró la puerta, se sentó en la cama y dejó escapar una lágrima. Debía de estar agradecida por haber conseguido escapar por los pelos. Si se hubiera ido a Boston con él, seguramente la habría abandonado para irse a disfrutar de la compañía de Laura o de cualquier otra de las bellezas de las que se rodeaba.

Su móvil emitió un sonido y Dani dio un respingo: «¿Dónde estás?».

Dani frunció el ceño. ¿Acababa de darse cuenta de que no estaba en la fiesta? Debía hacer casi una hora que se había marchado. Seguramente estaba tan ocupado con Laura que no se fijó en que Dani no estaba a la hora de cortar la tarta.

Dani dejó el teléfono bocabajo. Quasar no le convenía. Le rompería el corazón. Se mordió el labio y se dio cuenta de que seguramente sería ya demasiado tarde para evitarlo. Se había encariñado tanto de él que le resultaba difícil imaginar la vida sin su presencia.

El teléfono volvió a sonar. Dani trató de reunir el valor de dejarlo sobre la cama bocabajo, pero no lo logró y lo levantó con el corazón acelerado: «Dani, te he buscado por todas partes».

«Me he ido de la fiesta».

Escribió la respuesta sin pararse a pensar. ¿Y por qué no iba a decírselo? Era la verdad. De todas formas tenía que decirle que no iba a irse a Boston con él, así que no tenía sentido evitarle.

Pero resultaba esencial mantener las distancias para que no pudiera hipnotizarla con su encanto como de costumbre.

«Eso ya lo veo».

Dani se mordió el labio. Dejó el teléfono en la cama, se levantó y se lo quedó mirando con los brazos cruzados.

«¿Cómo has logrado escabullirte?».

Dani vio las palabras en la pantalla desde la distancia segura de unos cuantos metros. Su cerebro contestó: «No fue difícil. Ni siquiera te has dado cuenta de que me había ido».

Pero no lo escribió.

«Tengo que verte».

¿Había decidido que la prefería a ella antes que

a Laura? ¿Quería disculparse por actuar como si Laura y él fueran pareja? ¿O quería mantener a Dani en la recámara por si necesitaba un poco de sexo ardiente a finales de semana?

«¿Podemos vernos?».

Dani aspiró con fuerza el aire y se acercó al teléfono como si se tratara de una serpiente y pudiera morderla.

«No».

¿De verdad pensaba que querría verle después de haber dejado que Laura lo manoseara de aquel modo en la fiesta? Debía vivir en un mundo de fantasía. Y por supuesto, así era. Se había criado siendo un Al Mansur, con todos sus millones y caprichos al alcance de su mano. Estaba acostumbrado a que las mujeres se inclinaran a sus pies e hicieran lo que él quisiera.

Ella, desde luego, lo había hecho con suma facilidad.

Dani esperó a que le enviara otro mensaje diciéndole que Laura no significaba nada para él, que ella, Dani, era la única mujer que le importaba.

«¿Estás en casa?».

Dani vaciló un instante y sostuvo el teléfono en la mano. Si le decía que estaba en casa seguramente se presentaría allí y la avergonzaría todavía más delante de su padre y sus hermanos.

Los dedos le ardían por el deseo de responder. Podía imaginar perfectamente a Quasar tecleando en el teléfono, confundido y posiblemente herido por la brusquedad de sus respuestas. Ella no quería hacerle daño. Sus sentimientos por él eran confusos e intensos, y había empezado a pensar incluso que podría tratarse de esa elusiva y peligrosa emoción que solían llamar amor.

Pero no iba a dejarse caer otra vez en aquel pozo. Su corazón quería contestar a Quasar. Quedar con él. Dejarse abrazar, creerse todo lo que le prometiera y flotar en una nube de felicidad todo el tiempo que pudiera.

Pero ya había hecho aquello una vez; ignorar las señales de advertencia; confiar en que todo saldría bien; tratar de contentar a todo el mundo excepto a sí misma. Y no volvería a hacerlo.

Nunca.

Entonces escuchó cómo llamaban con los nudillos a su ventana.

Capítulo Diez

El sonido del puño en el cristal hizo que Dani diera un salto y dejara caer el teléfono. Se dio la vuelta y una oleada de sentimientos confusos se apoderó de ella al ver la cara de Quasar asomar en la penumbra del atardecer al otro lado de la ventana.

Quasar volvió a llamar, esta vez más flojo, para sacarla de la indecisión. Dani se dio cuenta de que tenía que abrir la ventana. La abrió y se llevó un dedo a los labios para advertirle de que guardara silencio.

Dani observó su perfil iluminado por los primeros rayos de luna, los altos pómulos, la orgullosa nariz y el cabello revuelto. Mirarle hacía que se olvidara del sentido común y de lo que estaba bien.

Quasar se deslizó y en cuestión de segundos estaba dentro de su habitación.

–No puedes quedarte –susurró Dani–. Mi padre y mis hermanos están en casa.

–Lo sé. Ven conmigo –Quasar señaló la ventana con la barbilla.

Ella sacudió la cabeza en silencio. Podía escuchar la televisión pasillo abajo. Las noticias a todo volumen. Nadie les oiría si hablaban bajo.

–Podemos hablar aquí –murmuró–. Es hora de terminar con esta locura y que volvamos cada uno a su vida.

–No puedes hablar en serio –Quasar dio un paso adelante y le tomó las manos–. Hace unas horas estabas pensando en venirte conmigo.

–Eso fue antes de verte con Laura –aquella confesión la liberó al instante de un gran peso. Aquella era la auténtica razón por la que había cambiado de opinión respecto a irse a vivir a Boston con él. Había visto un atisbo del verdadero Quasar en su elemento, y había percibido lo mal que se sentiría si fuera tan estúpida como para intentar vivir con él.

Quasar le apretó las manos y ella sintió una punzada en el corazón.

–Dani, Laura fue importante para mí, pero eso ya se acabó. Ahora solo es una vieja amiga.

–Creo que ella quiere ser algo más que una simple amiga.

–Es muy sobona, pero lo es con todo el mundo. Además, lo que ella quiera no importa. Yo sé lo que yo quiero, y es a ti.

Dani tragó saliva. Deseó que no le estuviera sosteniendo las manos con tanta fuerza para poder apartarse y dejar algo de espacio entre ellos.

–Tal vez no quieras admitir que deseas que ella vuelva contigo.

Dani vio aquel familiar brillo de humor en la mirada de Quasar.

–No quiero que vuelva. No me gusta hablar de relaciones pasadas, porque creo que es más respe-

tuoso que ambas partes lo dejen todo en la intimidad, pero sentí alivio cuando nuestra relación terminó. No quiero una mujer que vive para mirar y
ser vista, y que se cansa si está más de dos semanas
en la misma ciudad. Quiero a alguien cuya paz
provenga del interior y que prefiera la intimidad a
las multitudes. Te quiero a ti.

A Dani le dio un vuelco el corazón y se maldijo
a sí misma. La sinceridad de su tono de voz la
atrapó. Ahora que estaban otra vez a solas, todas
sus dudas y miedos parecieron disiparse y los sueños y las grandes esperanzas que Quasar había
alentado en ella cobraron vida de nuevo, amena-
zando con nublarle la perspectiva.

–Sé que ahora piensas eso. Que lo piensas de
verdad. Pero me he sentido como la fea de la
fiesta, como si fuera una intrusa. Sé que solo es
una más de las muchas mujeres con las que has salido, y no puedo competir con ellas. No quiero hacerlo. Me volveré celosa y amargada y me odiaré a
mí misma. ¿Por qué no le dijiste que apartara las
manos de ti?

–Tendría que haberlo hecho. Fui poco conside-
rado, di por hecho que tú sabías que soy tuyo y
solo tuyo. A partir de ahora no me tocará ninguna
otra mujer que no seas tú –Quasar se llevó sus manos a la boca y las besó.

–No puedes prometer eso. Tengo miedo. Todos
los que me conocen pensarán que no está bien,
que he perdido la cabeza.

–¿Vas a escucharlos a ellos o a tu corazón?
–Quasar entornó los ojos y la miró fijamente.

–He escuchado a mi corazón con anterioridad y me equivoqué. Creía que había encontrado al compañero de mi vida y traté de que funcionara, pero él se mostró cruel y destructivo conmigo. Ya no confío en mi buen juicio.

–Te amo, Dani. Quiero que estés a mi lado. ¿Qué tengo que hacer?

Ella parpadeó y le miró fijamente.

–Si no soy feliz, me dejarás marchar sin hacer preguntas.

Quasar frunció el ceño. Parecía estar considerando sus palabras.

–Aunque sufriría al dejarte marchar, acepto.

–¿Incluso si te pido que me dejes ir ahora mismo? –aquella era la prueba definitiva. Quasar se había negado una vez. ¿La respetaba lo suficiente como para hacer lo que había prometido?

Él la miró confundido.

–¿Quieres que me vaya ahora?

–Y que no vuelvas nunca.

–No puedo prometerte eso. No puedo.

–¿Lo ves? No puedes prometer que me dejarás ir. Quieres que sea tuya me cueste a mí lo que me cueste. He jugado con esas condiciones en el pasado y no lo volveré a hacer –aseguró Dani con determinación.

Vio cómo a Quasar se le aceleraba la respiración.

–¿Quieres que te deje para siempre para demostrar lo mucho que te amo?

Lo que le estaba pidiendo no tenía sentido, pero de todas maneras iba a perderle. No podía irse con él y lanzarse a una vida de incertidumbre. Dani asintió con los labios apretados.

Quasar volvió a llevarse sus manos a los labios. Tenía los ojos oscurecidos por la tristeza cuando volvió a besárselas una vez más con ternura. Dani se estremeció de la cabeza a los pies. Luego él se inclinó, se giró hacia la ventana, se encaramó y desapareció en la noche. Dani lo vio partir con el corazón roto.

Lo había hecho. Le había prometido que la dejaría ir y lo había hecho. Y la peor parte era que ahora le amaba más que nunca.

A Quasar le latía con tanta fuerza el corazón que parecía que le iba a romper una costilla. Se dirigió con paso firme hacia el coche, ¿esperaba que se olvidara de ella?

Ni hablar.

Seguiría adelante hasta que Dani recuperara la razón y le dijera que volviera. Aquella había sido la única razón por la que había sido capa de marcharse. Sabía que se trataba de una prueba. Fácil de suspender y muy difícil de aprobar.

¿Y quién sabía cuánto duraría la prueba?

Se moría de ganas de estrecharla entre sus brazos. A partir de aquel momento llevaría una armadura invisible que se reflejaría en su expresión y que impediría que le tocara alguien que no fuera Dani.

No le enviaría ningún mensaje de texto. No la llamaría. No se presentaría de pronto donde ella estuviera ni se asomaría a su ventana como un fantasma.

Pero la recuperaría.

–Has perdido la cabeza –gruñó Salim. Se puso de pie y se cernió sobre el escritorio–. No tienes perspectiva de la realidad.

–La amo.

La luz se filtraba por la ventana de la austera y blanca oficina de Salim con vistas al mar.

–La amas tanto que yo tengo que tomar un trozo de tierra que vale millones, miles de millones en el futuro, y dárselo sin más a un hombre que detesto y que me ha hecho perder incontables horas de mi vida con sus absurdas querellas.

–Te compraré la tierra a precio de mercado.

–El valor de mercado no puede compararse con el valor que ese terreno tiene para mí como lugar de construcción de mi futuro hotel insignia.

–¿Aunque hablemos de cincuenta millones de dólares?

Salim alzó una ceja.

–Esa es la cifra aproximada de lo que cuesta únicamente mi construcción. Tengo grandes planes para esa propiedad.

–No puedo firmarte un cheque por esa cantidad sin más. Tendré que vender algunos activos, pero puedo tener el dinero a finales de la semana que viene. Dime a qué cuenta quieres que te lo transfiera –Quasar sacó el teléfono para teclear los datos.

–Has perdido completamente la cabeza, en serio.

–Todo lo contrario, hermano. He recuperado el sentido común –Quasar sonrió.

–Pero si ni siquiera ha accedido a casarse contigo.

–No se lo he pedido.

–¿Por qué no?

–Porque me diría que no.

–Si no te quiere, ¿por qué arriesgarte a perder cincuenta millones de dólares para ganarte su favor?

–Sí me quiere –Quasar ladeó la cabeza–. Pero tiene miedo de sí misma. Tiene miedo de escoger mal. Tengo que demostrarle que soy una elección estupenda y no me detendré hasta que lo haya conseguido.

Salim suspiró y se recostó en la enorme silla de cuero.

–Sé cómo te sientes, hermano. He pasado por eso. No hay mayor dolor que perder a la mujer de quien depende tu felicidad.

–Elan me contó que Sara solo accedió a vivir con él si no se casaba. No quería verse atrapada por las convenciones. Parece que todos los Al Mansur tenemos que aprender a dejar libres a nuestras mujeres antes de convencerlas de que echen raíces con nosotros.

Salim se rio.

–Y Celia me obligó a firmar un contrato prometiendo que Kira y ella podrían marcharse cuando quisieran. Pero ni Elan ni yo tuvimos que pagar cincuenta millones de dólares por el privilegio de estar con nuestras mujeres.

–Daniyah Hassan es una mujer muy especial. Nunca he sentido la paz y la felicidad que tengo entre sus brazos. Ni siquiera sabía que fuera posible sentir algo así.

–Eso es muy romántico, hermano, pero estoy muy unido a ese trozo de tierra. ¿Por qué no le entregas esa suma a su padre a cambio? Estoy seguro de que un millón sería suficiente para comprar su sonrisa, así que imagínate cincuenta.

–Dani dice que su padre no aceptará dinero por la tierra. Este asunto se ha prolongado tanto que ya es algo personal. No parará hasta recuperar la tierra.

–Los tribunales nunca le darán la razón.

–¿Estás dispuesto a esperar veinte años para ver ese resultado? Puedes comprar otro trozo de tierra. Tal vez una de esas casas enormes que hay en la orilla. O quizá Hassan esté encantado de volver a venderte el terreno una vez tenga la satisfacción de salirse con la suya. Dudo de que tenga otros planes que no sea venderlo rápidamente.

–Cierto. Puedes comprármelo a mí por cincuenta millones, regalárselo a Hassan y luego yo se lo compro a él por cinco. Empiezo a ver lo provechoso de esta historia –Salim sonrió–. Si estás tan locamente enamorado como para pasar por esto, entonces que tu novia venga corriendo a tus brazos antes de que recuperes la cordura y te des cuenta de lo absurdo que es todo esto.

–Estupendo –Quasar sonrió también–. Necesitaré tu número de cuenta para hacer la transferencia.

–No hace falta –Salim extendió la mano por encima del escritorio y estrechó la de Quasar–. Aceptaré un cheque.

Dani regresó de muy buen humor del colegio americano de la ciudad. Había ido para presentarse al puesto que anunciaban de ayudante de profesor y le habían dicho que tenía muchas posibilidades de conseguirlo.

Era un trabajo que le proporcionaría ingresos e independencia para empezar de nuevo. Tenía ganas de cantar de alegría cuando el taxi la dejó en su casa.

–¡Dani!

El corazón le dio un vuelco al ver a su padre en la puerta con expresión ansiosa.

–Ha ocurrido algo increíble –su padre no parecía enfadado, sino más bien impactado.

–¿De qué se trata?

Él agitó un sobre grande que tenía en la mano.

–Un mensajero acaba de traer esto. Contiene la escritura de propiedad de Beach Road. Y el contrato que me devuelve dicha propiedad a mí. Lo único que tengo que hacer es firmarlo y enviar diez riales para cerrar el trato.

–¿Diez riales? ¿Se trata de una broma?

–Los diez riales son necesarios para hacerlo legal. Quasar Al Mansur quiere regalarme el terreno para que vuelva a manos de nuestra familia.

Dani se quedó boquiabierta. Aquel terreno valía millones. Y ella sabía lo mucho que deseaba conservarlo su hermano Salim.

–Déjame ver.

Su padre le tendió el sobre y Dani sacó una antigua escritura de propiedad de color amarillo. También había un contrato de cambio de titularidad firmado por Quasar y para el que se requería la firma de su padre. Pero la parte que le aceleró el corazón fue la carta de Quasar en la que insistía que quería devolver la tierra como gesto de buena voluntad entre las familias.

Había sido fiel a su palabra y no se había puesto en contacto con ella. Le impresionaba que hubiera obedecido sus deseos cuando estaba claro que era un hombre acostumbrado a exigir y a tomar lo que quería.

Y le impresionaba todavía más que ella se hubiera mantenido firme y no le hubiera llamado. Su cuerpo y su mente le echaban mucho de menos. Por la noche extrañaba la sensación de sus brazos rodeándola.

Estar lejos de él le había dejado espacio para respirar, para pensar. Se alegraba de no haberse ido con él. Apenas se conocían y lo que sabía de él era alarmante. Si hubiera aceptado su «beca» habría sido básicamente una mantenida de lujo, y no era así como quería empezar su nueva vida. Pensó que Quasar superaría rápido su breve aventura y seguiría adelante. Dani solo sería otra más en la larga fila de mujeres que había dejado atrás.

Pero descubrir que quería darle a su padre un

trozo de tierra que valía millones le daba un giro completamente distinto a la situación. Demostraba que Quasar iba en serio. Convencer a su hermano no le habría resultado tarea fácil.

Dani miró a su padre.

–¿Vas a firmar?

–¿Crees que es auténtico?

–No lo sé –Dani trató de centrar la vista, pero la letra pequeña del contrato se le borró frente a los ojos–. Desde luego, parece de verdad. Deberías pedirle a un abogado que le echara un vistazo.

–No confío en esos Al Mansur. Podría ser una trampa. Si firmo este papel permitiendo que me transfieran el título de propiedad, será como admitir que nunca fue mía en primera instancia. Estaría renunciando a la reclamación que tengo actualmente sobre la tierra.

–Pero si el contrato es auténtico estarías renunciando a cambio de la posesión inmediata de la tierra. Diez riales es mucho menos dinero que los miles que tendrías que pagarle a tu abogado para seguir con la querella.

–Eso es verdad –su padre se rascó el bigote con un dedo.

–¿Qué harías con la tierra? –ahora que la propiedad del terreno estaba al alcance de su mano, su padre parecía no mostrar demasiado interés por él.

–Venderlo, por supuesto –alzó las cejas como si estuviera calculando cuánto podría sacar por él.

–Tal vez se lo podrías vender a Salim Al Mansur.

Su padre frunció el ceño.

–¿Por qué querría dármelo gratis si luego me lo va a comprar? Tal vez haya algo que yo no sepa. Tal vez la tierra esté contaminada. Podría haber enterrado allí residuos tóxicos. Es demasiado bueno para ser verdad.

Como su relación con Quasar. Demasiado repentina, demasiado maravillosa, demasiado rápida. Dani suspiró.

–No creo que sea posible comprender realmente las motivaciones de los demás. Solo tienes que decidir si te sigue interesando, y en ese caso, ponte en contacto con un abogado y asegúrate de que todos los documentos dicen lo que se supone que dicen. Si es así, entonces fírmalos, agarra la caña y trata de pescar los peces que puedas –Dani esbozó un amago de sonrisa.

Quasar no quería volver a Estados Unidos. Ya llevaba en Omán tres semanas, y ahora que Dani no iba a volver con él, la idea de mudarse a Boston había perdido interés. Y además, echaría de menos los alegres desayunos en la terraza del hotel con toda la familia. Elan y Sara tampoco parecían tener ganas de volver a su casa de Nevada.

Celia, que estaba haciéndole una trenza a Kira, alzó la vista hacia él.

–Salim me ha contado lo del acuerdo del terreno. ¿Cuándo vas a volver para pedir su mano?

Quasar partió un cruasán por la mitad.

–Todavía no está firmado. Hace dos días que el padre de Dani tiene el contrato y todavía no ha dicho ni una palabra. Es un hombre tan complicado que tal vez se niegue a aceptar la tierra como regalo y prefiera ganarla en los tribunales.

–Tal vez ya esté firmado el acuerdo, hermano. Un mensajero te ha dejado esta mañana un sobre grande en recepción –dijo Salim.

–¿Qué? –Quasar se levantó de un salto–. ¿Por qué no me lo habías dicho?

–Acabo de hacerlo –Salim sonrió de un modo misterioso.

Salim tampoco había cobrado todavía el maldito cheque, por lo que toda la operación resultaba poco real. Quasar llamó a recepción y pidió que le llevaran el correo. Miró a Salim.

–Lo estás disfrutando, ¿verdad?

–Enormemente. ¿Quién iba a pensar que mi hermano pequeño estaría tan enamorado de una mujer como para renunciar a cincuenta millones de dólares para ganársela?

Uno de los botones de recepción apareció con un sobre y Quasar lo abrió con el corazón latiéndole con fuerza. Allí estaba el contrato, firmado ante notario, y una carta de Mohammed Hassan agradeciéndole que hubiera reconocido su derecho y hubiera devuelto la tierra a su auténtico dueño. Quasar sonrió.

–Todo está firmado –miró a su hermano–. Gracias por hacerlo posible.

–¿Cuándo podré recuperar la tierra? –Salim ladeó la cabeza–. Tengo los planos ya hechos, solo estaba esperando a que se resolviera el asunto de la propiedad para aprobarlos.

–Si yo puedo contenerme, hermano, tú también –Quasar dejó escapar un suspiro–. Aunque la paciencia no sea nuestro fuerte.

Elan se reclinó en la silla.

–Bueno, ¿y qué tienes pensado hacer ahora?

–Pedirle que se case conmigo.

Quasar condujo por las tranquillas calles del barrio de Dani. Una emoción desconocida le aceleraba el pulso. El paso que iba a dar era muy importante y no estaba muy seguro de cómo manejarlo.

Aparcó delante de la casa, anunciando su llegada a todo el que estuviera mirando por la ventana. Confiaba en que alguien le abriera la puerta y dijera algo para tener que evitar el suspense de subir hasta el umbral y llamar. Todavía recordaba lo mal que había salido su última visita.

Dani había estado sentada al ordenador desde la hora de comer. Animada por la experiencia positiva del colegio americano, había decidido ampliar horizontes enviando su currículum y cartas de presentación a cinco universidades con departamentos interesados en el arte de Oriente Medio. Una de ellas era Harvard. Por extraño que pareciera, estaba abriendo la puerta a mudarse a Boston ella sola.

Y toda aquella actividad impedía que pensara en Quasar. Le echaba mucho de menos. Quasar había sido fiel a su palabra. Y ahora se sentía como una idiota por haberle dejado hacerlo.

–¡Dani! –la voz de su hermano vino acompañada por una fuerte llamada con los nudillos–. Te llama papá.

Ella frunció el ceño. ¿Por qué no iba él a buscarla? ¿Por qué enviaba a su hermano?

–Voy.

Guardó el documento y lo cerró. Había estado tan ocupada que no se había dado cuenta de que ya era casi la hora de cenar. Se lavó las manos, se atusó el pelo y trató de no echarse a llorar al ver su expresión en el espejo. Se le habían formado dos oscuras ojeras y parecía una plañidera. O un zombi. Suspiró. Tarde o temprano se olvidaría de Quasar y las ojeras desaparecerían.

–Dani, ¿por qué tardas tanto? –la voz gruñona de su padre la sobresaltó–. Tenemos visita.

–¿Quién es? –tal vez la tía Riya se hubiera pasado a saludar.

Salió al pasillo y vio una silueta alta al lado de la puerta. El corazón empezó a latirle con fuerza. Era Quasar.

–Hola, Dani.

Aquella voz familiar y sensual le provocó un escalofrío por todo el cuerpo.

–Hola, Quasar –trató de sonar desenfadada, pero le ardía la sangre. ¿Por qué estaba allí? ¿Debería estar enfadada con él porque había roto la promesa de mantenerse alejado o debería estar contenta de que hubiera vuelto?

Una sonrisa enorme le cruzaba el rostro a su padre y su lenguaje corporal sugería que Quasar era un viejo amigo y no el enemigo acérrimo que tenía malas intenciones con su hija. Al parecer, el regalo de la propiedad en primera línea de playa le había conseguido a Quasar un sitio en el corazón de su padre. ¿Lo habría hecho por ella?

–Venid, Khalid y Jalil. Vamos a dejarlos solos.

–¿Qué está pasando? –Dani parpadeó. Se sentía de pronto muy confusa.

–Dani –Quasar le tomó las manos entre las suyas. Como de costumbre, aquel gesto le provocó un perturbador efecto en todo el cuerpo–. Sé que me dijiste que me mantuviera alejado de ti, y he hecho todo lo que he podido soportar. Ahora voy a pedirte algo muy importante y quiero que te pienses muy bien la respuesta. Lo que digas ahora afectará nuestras vidas, así que tómate tu tiempo.

Dani se lo quedó mirando.

–¿Por qué le has dado el terreno a mi padre? –la pregunta le quemaba el cerebro desde que vio el contrato.

–Quería resolver un problema.

–Pero no era un problema tuyo. Era entre tu hermano Salim y mi padre.

–Para mí es importante que los dos estén contentos. Y confío en ser capaz de conseguirlo.

–No puedo creer que se lo hayas regalado. Vale… no tengo ni idea de cuánto vale.

Más de un millón, eso seguro. Dani trató de contener el entusiasmo. Quasar había hecho todo aquello a sus espaldas, sin su consentimiento.

–Vale lo que alguien esté dispuesto a pagar por él.

–¿Por qué se lo has regalado?

–¿Tú qué crees? –como de costumbre, parecía tranquilo y satisfecho de sí mismo.

–Para comprar su aprobación y poder tener una relación conmigo

–Me gusta que seas tan directa –Quasar le estrechó las manos.

–Pero, ¿y si yo no quiero tener una relación contigo? ¿Y si me siento más segura sola?

Quasar frunció el ceño.

–Dani, yo nunca te obligaré a hacer algo que no quieras. Nunca te amenazaré ni te trataré con poco respeto. Podemos redactar un acuerdo matrimonial si quieres.

–¿Matrimonio? –la voz le salió como un graznido. Lo veía venir, pero de todas formas sintió que se mareaba.

–No quiero que seas mi novia, ni que aceptes a regañadientes una beca que venga de mí. Te amo. Quiero que seas mi mujer, mi compañera de vida, mi alma gemela y la persona con la que comparta cada día apoyo y amor –aspiró con fuerza el aire–. Dime que sí, Dani, por favor.

Ella tragó saliva.

–Me acabas de ordenar que te diga que sí.

Quasar parecía confundido.

–No pretendía que fuera una orden. Te estaba suplicando.

Dani se rio. Seguramente por los nervios. Quasar Al Mansur acababa de suplicarle que fuera su esposa, había perdido millones para ganar el privilegio de pedírselo y ella no sabía qué decir.

El cuerpo le gritaba que diera el sí.

Un extraño escalofrío la recorrió de la cabeza a los pies. Un sinfín de excitantes posibilidades se abrió ante sus ojos. Visiones de una nueva vida llena de amor, esperanza y felicidad.

Si aquel hombre la amaba lo suficiente como para hacer todo aquello por ella, valía la pena arriesgarse a dar el salto.

–¿Cómo era la pregunta? Creo que ni siquiera me lo has pedido.

–Dani Hassan, ¿quieres casarte conmigo?

–Sí –contestó sin dudar. La sensación de alivio fue tan grande que casi se desmayó en sus brazos. Había tomado una decisión y su corazón sabía que había sido la correcta.

Quasar no dijo ni una palabra. Su mirada se suavizó y aspiró profundamente el aire.

–Gracias. Te prometo que no te arrepentirás de haberte casado conmigo –su carnosa boca esbozó una sonrisa antes de inclinarse sobre ella y besarla con más pasión de la que Dani nunca creyó posible.

Epílogo

Dani abrió la puerta de entrada y se echó a un lado cuando los hombres entraron en tropel riéndose y cantando. Quasar iba en cabeza, seguido de los hermanos de Dani, Khalid y Jalil, y los de Quasar, Elan y Salim. Su padre iba el último con pose digna.

–No es fácil seguir las costumbres de una boda omaní aquí en Boston –le explicó Quasar dándole un beso–. Tendríamos que haber tocado los tambores, disparar al aire e ir tocando el claxon desde mi casa a la tuya, pero no quiero que nos arresten por escándalo.

Habían decidido en su lugar ir hasta Cambridge y recorrer la zona universitaria en una limusina.

–Deberías ver el campus. Es impresionante –a Khalid le brillaban los ojos de la emoción.

–Ya lo he visto –sonrió Dani–. Y si no quieres quedarte en una de las residencias para estudiantes puedes venir a vivir con nosotros mientras estés estudiando aquí.

–Bueno, bueno –intervino su padre–. Primero lo tienen que aceptar. Y eso no es tan fácil.

–Todos sabemos que Khalid es un genio –Quasar le revolvió el pelo al chico con un enorme cariño.

Adornos de flores blancas ocupaban la mayor parte de la superficie de la elegante casa de piedra rojiza. Era maravilloso ver aquel lugar lleno de vida a pesar del ruido y de tanta gente tratando de entrar al baño al mismo tiempo.

Todas las damas se habían hecho tatuajes de *henna* en las manos la noche anterior, otra tradición omaní que Dani se había saltado en su primera boda. Quasar se acercó a ella por detrás y le dio un beso.

–Estás impresionante.

Era la primera vez que la veía con el vestido de novia bordado con perlas. No tenía tirantes y la hacía sentir sexy y atrevida además de bella.

Estaba convencida de que no volvería a sentirse así nunca hasta que vio a Quasar leyendo el libro que ella quería en su librería favorita.

–Me resulta raro haber tenido que volver a Omán para encontrarte.

–Yo tuve que volver también para encontrarte a ti –Quasar la besó suavemente en los labios y luego la guio al decorado jardín. El brillante sol de la tarde se filtraba a través de las copas de los árboles. Habían colocado un pequeño pabellón decorado con flores para que el imán oficiara la ceremonia matrimonial.

Salim, que siempre se encargaba de todo, urgió a la gente a salir al jardín. Celia y Sara dispusieron a los niños alrededor del pabellón con unas cestas llenas de pétalos de flores que debían arrojar cuando el matrimonio fuera oficial. Los niños esperaban ansiosos.

–¿Dónde está mi chal? No creo que el imán quiera verme con los hombros desnudos –Dani se mordió el labio inferior.

–Lo he dejado en el pabellón por si lo necesitabas –respondió Quasar–. Iré a buscarlo.

–¿Qué le has hecho a mi hermano? –preguntó Salim–. No recuerdo que fuera tan detallista y bienmandado.

–Parece decidido a demostrarme que he tomado la decisión correcta al casarme con él.

Quasar volvió y le colocó el chal de seda blanca sobre los hombros y el pelo.

–Ya está, puedes ser tradicional y moderna al mismo tiempo.

–Y americana y omaní –Dani guiñó un ojo.

–La familia Al Mansur ya es oficialmente global –comentó Sara.

–Hablando de la familia Al Mansur, ¿cuándo tenéis pensado añadir nuevos miembros? –Celia se acercó a Dani.

Dani se rio.

–Acabo de empezar a trabajar en el centro de investigación de arte de Harvard, y el año que viene tengo pensado viajar a una excavación que están llevando a cabo en Sardis. Además, Quasar y yo queremos disfrutar un poco el uno del otro antes de aumentar la familia.

Le encantaba que no la hubiera presionado para tener hijos cuanto antes. Había tiempo de sobra para eso.

Quasar le tomó la mano y avanzaron juntos por el sendero que llevaba al pabellón en el que se unirían en matrimonio. Dani sintió que se le llenaban los ojos de lágrimas, pero esta vez eran lágrimas de felicidad.

UN ACUERDO PERMANENTE

MAUREEN CHILD

Dave Firestone no tenía intención de casarse, pero era capaz de fingir cualquier cosa con tal de conseguir un importante contrato para su rancho. Necesitaba encontrar rápidamente a una prometida y decidió acudir a Mia Hughes. El jefe de esta, y rival de Dave, estaba desaparecido y no podía pagarle, así que Mia aceptó la propuesta de Dave. Pero cuando su romance falso dio un giro inesperado y se convirtió en largas noches  de pasión, Dave no quiso dejar marchar a Mia y tuvo que recurrir a la persuasión para intentar conseguir alargar la situación.

¿Lograría que ella aceptara otro tipo de pacto?

¡YA EN TU PUNTO DE VENTA!

Acepte 2 de nuestras mejores novelas de amor GRATIS

¡Y reciba un regalo sorpresa!

Oferta especial de tiempo limitado

Rellene el cupón y envíelo a
Harlequin Reader Service®
3010 Walden Ave.
P.O. Box 1867
Buffalo, N.Y. 14240-1867

¡Si! Por favor, envíenme 2 novelas de amor de Harlequin (1 Bianca® y 1 Deseo®) gratis, más el regalo sorpresa. Luego remítanme 4 novelas nuevas todos los meses, las cuales recibiré mucho antes de que aparezcan en librerías, y factúrenme al bajo precio de $3,24 cada una, más $0,25 por envío e impuesto de ventas, si corresponde*. Este es el precio total, y es un ahorro de casi el 20% sobre el precio de portada. !Una oferta excelente! Entiendo que el hecho de aceptar estos libros y el regalo no me obliga en forma alguna a la compra de libros adicionales. Y también que puedo devolver cualquier envío y cancelar en cualquier momento. Aún si decido no comprar ningún otro libro de Harlequin, los 2 libros gratis y el regalo sorpresa son míos para siempre.

416 LBN DU7N

Nombre y apellido _____ (Por favor, letra de molde)

Dirección _____ Apartamento No. _____

Ciudad _____ Estado _____ Zona postal _____

Esta oferta se limita a un pedido por hogar y no está disponible para los subscriptores actuales de Deseo® y Bianca®.
*Los términos y precios quedan sujetos a cambios sin aviso previo.
Impuestos de ventas aplican en N.Y.

**Estaba acostumbrado a salirse con la suya...
sobre todo con las mujeres**

El millonario australiano Sebastian Armstrong creía conocer perfectamente a su ama de llaves. Emily era correcta, formal y completamente dedicada a su trabajo, pero, bajo su aspecto impoluto, había una apasionada mujer que deseaba vivir la vida al máximo... y olvidar que se había enamorado de su guapísimo jefe.

Sebastian se negaba a aceptar que Emily quisiera dejarlo, por lo que ideó un despiadado plan para mantener a Emily a su lado... en la cama.

Proposición despiadada

Miranda Lee

Deseo

A SU MANERA

KATHIE DeNOSKI

El ranchero T. J. Malloy no se lo pensó dos veces a la hora de salvar de una riada a una mujer y a su hijo y llevárselos a su rancho, aunque esa mujer fuera Heather Wilson, la vecina con la que llevaba varios meses litigando. Heather no solo resultó ser irresistiblemente atractiva, sino que necesitaba con desesperación la ayuda que solo él podía darle.

La pasión no tardó en desbordarse con la misma intensidad que la crecida del río, y T. J. se propuso mantener a Heather con él... ¡bajo sus condiciones!

Quería hacer las cosas bien con ella,
a su manera...

¡YA EN TU PUNTO DE VENTA!